KB154694

지금 행복하고 싶어

지금 행복하고 싶어

초판 1쇄 2019년 1월 4일
초판 4쇄 2020년 12월 28일

지은이 김정희

펴낸이 조영진
펴낸곳 고래가숨쉬는도서관
출판등록 제406-2012-000082호
주소 경기도 파주시 회동길 329(서패동) 2층
전화 031-955-9680~1 팩스 031-955-9682
홈페이지 www.goraebook.com
이메일 goraebook@naver.com

디자인 김용희
편집 이규수
마케팅 이예지

글 ⓒ 김정희 2019

* 값은 뒤표지에 적혀 있습니다.
* 잘못 만든 책은 구입하신 서점에서 바꾸어 드립니다.
* 책의 내용과 그림은 저자나 출판사의 서면 동의 없이 마음대로 쓸 수 없습니다.

ISBN 979-11-87427-80-3 43810

이 도서의 국립중앙도서관 출판시도서목록(CIP)은 서지정보유통지원시스템
홈페이지(http://seoji.nl.go.kr)와 국가자료공동목록시스템(http://www.
nl.go.kr/kolisnet)에서 이용하실 수 있습니다.(CIP2018036106)

품명 도서 | 전화번호 031-955-9680 | 제조년월 2020년 12월
제조국명 대한민국 | 제조자명 고래가숨쉬는도서관
주소 경기도 파주시 회동길 329 2층 | 사용 연령 12세 이상

* KC마크는 이 제품이 공통안전기준에 적합하였음을 의미합니다.

김정희 청소년 소설

지금
행복하고
싶어

고래가
숨 쉬는
도서관

차례

1. 어느 날 갑자기

창문을 열었다. 후터분한 강바람이 몰아서 한 번에 훅 들이쳤다. 습기를 잔뜩 머금은 끈적끈적한 바람이 얼굴을 덮쳐서 숨이 막힐 지경이었다.

'내가 뭘 어쨌다고!'

아빠와 엄마는 왜 내 의견도 묻지 않고 일방적으로 가방을 싸서 차에 올라타게 했는가. 창밖으로 얼굴을 내밀고 숨을 깊이 들이쉬면서 호흡을 가다듬었다.

"에어컨 틀었잖아."

아빠 말에 입을 꼭 다물었다. 안 그러면 짜증 섞인 말투가 스프링처럼 툭 튀어나올 것 같았다. 아빠랑 말을 섞어봐야 통하지도 않고, 도무지 내 마음 따위는 조금도 신경 쓰지 않았다.

나도 에어컨을 켜고 창문을 열어두면 냉방이 소용없다는 것쯤은 알고 있다. 그렇더라도 창문을 열어두고 버티는 것은 당장 숨이 막힐 것 같고, 동시에 반항을 하고 싶은 욕구가 그득했기 때문이다.

'왜, 갑자기 나를 삼촌 농장에 보내는 걸까?'

나는 갑작스레 당한 이 상황에 짜증이 났다. 엄마 아빠는 제대로 설명해주지도 않고, 일방적으로 결정을 내렸다. 어쩌면 무작정 끌려나온 내 나약함에 더 짜증이 났는지도 몰랐다.

아빠가 더는 시비를 걸지 않아서 끓어오르던 마음도 시나브로 가라앉았다. 그렇다면 나도 쫀쫀하게 계속 신경전을 벌일 마음은 없었다. 나만 피곤해질 테니까.

창문을 닫았다. 그러자 아빠가 한결 부드러운 목소리로 물었다.

"여름방학 동안 삼촌 농장에서 잘 지낼 수 있겠지?"

"……"

"거긴 우리 집이 아냐. 삼촌 말 잘 듣고, 일도 도와주고……"

나한테 무슨 일을 하라는 건가? 나는 일이라곤 손끝에 먼지 한 번 묻혀본 적이 없는데.

"엄마랑 아빠가 생각 많이 해서, 널 방학 동안만이라도 마음 편하게 놀라고 보내주는 거야. 엄마가 늘 문자질한다고 네가 짜증을 내니까 스마트폰을 아예 책상 서랍에 넣어둔 거고."

"난 원한 적이 없는데!"

아빠가 마치 선심을 베풀 듯이 말했다.

"너도 사춘기라서 예민하고, 네 엄마도 너한테 너무 집착해서 예민해져 있고, 자꾸 다투니까 좀 떨어져 지내보라고. 그래야 서로 소중함을 깨달을 수 있지."

"……"

"내년에 고등학생이 되면 학업 스트레스가 훨씬 심할 거니까 지금 좀 쉬어."

내가 아무런 대꾸도 하지 않자, 운전을 하던 아빠가 흘끗 보았다.

"널 위해서 내린 결정이란다. 자연 속에 있으면 마음도 한결 차분해질 거야."

하필이면 서울을 떠나 시골로 보내다니. 난 시골에서 살아본 적도 없는데. 반항심이 일었지만 아빠랑 좁은 공간에서 다투고 싶지 않았다.

방학을 하자마자 갑자기 삼촌 농장에 가서 지내라는 말을 들었을 때, 처음에는 뜨악했다. 삼촌과 친하지도 않을 뿐더러 시골 농장은 내게 너무 생소한 곳이었다. 하지만 왜 그곳으로 보내느냐고 물어보거나 안 가겠다고 떼를 쓰지는 않았다. 어떻게 반응을 해야 할지 그 순간 혼란스러웠던 것이다. 방학 내내 집에서 엄마 아빠 얼굴만 보고 지내야 하는 것도 내겐 지루하고 갑갑할 것 같았다. 그렇다고 방학 때마다 학원을 뺑뺑이 돌아야 하는 것도 짜증 나는 일이고. 세상에 마음에 드는 게 아무것도 없었다. 어쩌면 마음속에서는 학교와 집, 학원을 탈출하고 싶은 마음이 더 컸을지도 몰랐다. 그렇더라도 일방적인 통보에는 짜증이 폭발할 것 같았다. 나도 내 생각이 있는데…….

"나한테 물어보기나 했냐고!"

나도 모르게 마음속에 불만이 터져 나왔다.

"뭐라는 거야! 너 지금, 무슨 말한 거야?"

아빠의 물음에 나는 눈을 감은 채 자는 척을 했다. 그러다가 정말 잠이 들고 말았다. 문득, 몸뚱이가 튀어 올라 눈을 떴다. 내가 잠든 사이에 차는 어느새 아스팔트 길을 훌쩍 벗어나 흙길을 내달리고 있었다.

시골길로 들어섰다는 신호를 보내듯 흙먼지가 풀풀 날려 차창이 뿌옇게 흐려졌다. 바깥 풍경이 먼지로 채색을 덧입히자 문득 몽환적인 분위기에 젖었다. 창문을 열고 시골 풍경을 감상했다.

"먼지 들어오잖아."

"조금만 구경하고요."

길가는 포도나무 밭으로 이어져 있고, 그 너머로 푸른 벼 이삭이 물결처럼 출렁거리며 펼쳐져 있었다. 푸른 벼 이삭 너머로 보이는 산자락은 짙은 초록빛으로 물감을 칠해놓은 듯 마치 그림 속의 세상처럼 느껴졌다. 잠시 감상에 젖어 있을 때였다.

차가 덜커덩거리면서 또 몸뚱이가 튀어 올랐다가 의자에 철퍼덕 떨어졌다.

"시골길은 곳곳에 구덩이가 너무 패인 게 문제야 문제!"

아빠가 불평을 토해냈다. 그 순간 나는 현실로 돌아왔다.

'나더러 이런 시골에 살라고?'

나는 열린 창으로 바람처럼 밀려드는 먼지 때문에 목구멍이 따갑고 기침이 났다.

창문을 닫았다. 잠깐 여행으로 감상하는 건 괜찮지만, 차만 지나가도 먼지가 자욱하게 일어나는 시골에서 사는 건 생각해본 적도 없다. 그러니까 다른 의문이 들었다. 우리 집에 무슨 일이 있는 걸까?

흙길을 내달리느라 차가 점점 심하게 흔들리며 덜커덩거렸다. 덜컥, 자동차 바퀴가 돌부리에 걸렸는지 몸이 붕 떠서 옆으로 기울어졌다. 뒤이어 지진이라도 난 듯이 몸이 심하게 흔들렸다. 내 몸을 내 마음대로 조절할 수 없어 차 모퉁이에 이리저리 처박히는 게 짜증 났다.

내 존재가 이리저리 흔들리고 처박히면서 어느덧 차는 좁은 언덕 위로 쭉 올라갔다. 오른쪽은 소나무와 참나무 숲으로 우거져 있는데, 반대쪽은 푸른 들판이 탁 트여 있었다. 들판 곳곳에 작고 널찍한 건물이 볼품없이 듬성듬성 자리 잡고 있었다. 아빠는 핸들을 왼쪽으로 꺾고는 나무로 지은 오두막 가까이 다가갔다.

"다 왔어. 내려라."

세 시간 넘게 좁은 차 안에 갇혀 있다가 드디어 해방감을 맛보았다. 그러나 차에서 내리는 순간, 퀴퀴하고 역겨운 냄새가 코를 쿡 찔렀다. 나는 코를 싸매 쥐고, 다른 손으로 속에서 올라오는 헛구역질을 참기 위해 목을 눌렀다. 울대뼈가 뻐근했다.

"빵 빵 빵."

아직 차에 남아 있던 아빠가 경적을 짧게 세 번 울렸다. 그러자 신호를 기다렸다는 듯이 허름한 건물 안에서 삼촌이 나왔다. 후줄근한 반바지에 구멍이 숭숭 난 누르스름한 티셔츠를 입은 삼촌이 낯설게 느껴졌다. 명절에 만난 삼촌은 비록 검게 탄 얼굴이지만 양복을 갖춰 입고, 넥타이를 매고, 장미 향수 냄새를 폴폴 풍기며 나타났다. 그런 삼촌이 촌스럽고 낯설게 느껴졌는데, 이제야 그 이유를 짐작할 수 있었다.

나는 손을 번쩍 드는 삼촌을 향해 고개만 까딱이면서 인사를 했다. 나한테는 갑작스런 이 모든 상황이 마음에 안 들어 삼촌한테도 반감이 들었다. 삼촌만 없다면 내가 이런 시골구석에 올 리도 없을 텐데.

발을 떼려는 순간 이상한 예감이 들었다. 차에서 내리며 짐승의 똥을 밟고 서 있었던 것이다.

"우씨, 이게 뭐야!"

나는 발을 흔들면서 신발에 붙은 오물을 떼어내려고 안간힘을 썼다. 그러자 가까이 다가온 삼촌이 아무렇지도 않게 내뱉었다.

"아이고, 우리 준서가 농장에 온 신고식이 거창하구나!"

나는 왠지 앞날이 순탄치 않을 것 같은 불길한 예감에 사로잡혔다. 뒤늦게 차에서 내린 아빠가 여전히 무뚝뚝한 표정으로 인사를 건넸다.

"그동안 잘 지냈냐?"

"그냥 그렇지 뭐."

"농장은 할 만해?"

"사는 게 다 그렇지."

삼촌도 시큰둥하게 맞대응했다. 왠지 아빠와 내 방문을 별로 달가워하지 않는 표정이었다. 잘못 왔는가. 억지로 밀고 들어온 불청객 같은 기분이 들었다.

"나는 언제 지긋지긋하게 다람쥐 쳇바퀴 돌리는 도시 생활에서 벗어나 이런 자연과 벗 삼아 살 수 있을까!"

"다 자신이 선택한 삶이지."

삼촌의 말에 아빠 입에서 헛웃음이 새어 나왔다.

"내가 원하는 대로 살 수 있는 인생이라면 얼마나 좋겠어. 휴."

아빠가 한숨을 깊게 내쉬었다. 그 순간 나는 왠지 죄인이 된 기분이 들었다. 엄마는 걸핏하면, 엄마 아빠가 돈을 벌기 위해 애쓰는 건 모두 나 때문이라고 했다.

"들어가서 커피 한 잔 하고 가. 운전하느라 피곤할 텐데."

삼촌이 아빠에게 손짓을 했다. 그제야 아빠도 피곤함을 풀어주려고 손바닥으로 부스스한 얼굴을 비비고, 머리카락을 뒤로 쓸어 넘겼다. 아빠 눈에 실핏줄이 도드라지게 보여서 나도 모르게 미간이 찌푸려졌다. 누가 눈알이 벌게지도록 운전해서 여기까지 오자고 했나. 내 마음이 어떤지 묻지도 않고. 무작정 차에 태워서 퀴퀴하고 구린내가 코를 찌르는 이런 농장에 처박아두려고 하다니. 내가 마치 한 마리 짐승이 된 기분이 들었다.

삼촌과 아빠가 나무로 만든 집으로 들어갔다. 저게 집인가? 이렇게 넓은 농장에 검은색에 가까운 낡고 작은 오두막이라니. 거부감이 생겨서 뒤따라가지 않았다.

나는 농장이 어떻게 생겼는지 휘둘러보았다. 병아리 여러 마리가 저희들끼리 뭉쳐서 종종거리며 돌아다녔다. 문득 초등학교 때, 내 품에 안았던 병아리들이 떠올랐다. 교문 앞에서 어떤 아저씨가 종이 상자 안에 노란 병아리를 넣어서 팔았었다. 작고 앙증맞은 노란 병아리를 두 손으로 감쌌을 때, 그 여리고 따뜻한 살갗에 가슴이 떨렸다. 그대로 놔두고 가려니 발길이 떨어지지 않았다. 그래서 숨이 막히도록 달려 집에 있는 돼지저금통을 털어서 남은 병아리 여섯 마리를 몽땅 샀다.

거실에 병아리를 풀어놓고 어찌나 좋았던지. 세상을 다 가진 것처럼 기뻤다. 학원도 빼먹고 병아리들과 어울려 신나게 노느라 해가 지는 줄도 몰랐다. 회사에서 돌아온 엄마는 불같이 화를 내면서 병아리를 상자에 담아 베란다에 던져놓고 가둬버렸다.

다음 날, 학교에서 돌아왔을 때 병아리는 흔적도 없이 사라져 있었다. 그 이후로 엄마는 나를 말썽쟁이 취급을 하면서 "한 번만 더 어떤 동물이라도 집에 가지고 오면 너도 쫓아낼 거야!"라며 엄포를 놓았다.

그런데 삼촌의 농장에서 병아리를 만나게 되었다. 그러나 초등학교 2학년 꼬마 때처럼 가슴 떨림과 호기심으로 다가오지는 않았다.

"준서야, 너도 들어와."

삼촌이 소리를 지르며 손짓을 했다. 나는 그제야 어깨에 메고 있는 가방의 무게가 갑자기 버겁게 느껴졌다. 삼촌이 부르지 않았다면 미처 깨닫지 못했을 것이다.

오두막은 농장만큼이나 낯설었다. 내가 문 앞에서 망설이자 삼촌이 내 가방을 빼앗아 들고 안으로 들어갔다.

나는 낯선 공간에 대한 거부감으로 얼굴을 슬쩍 디밀고 살폈다. 넓은 원룸 같은 공간이었다. 싱크대와 침실, 욕실, 책상, 수납장이 방 하나에 다 들어 있었다. 벽 쪽을 따라서 선반 위에는 온갖 잡동사니가 불규칙하게 놓여 있고, 침대 위에는 아무렇게나 벗어놓은 옷가지들이 널브러져 있었다.

"헐!"

"왜 그래?"

"나더러 여기서 살라고?"

나는 가슴이 쿵 내려앉았다. 누가 여름방학이라고 특별히 챙겨달라고 했나. 바다로 가족 여행이라도 가자고 했나. 그런데 뜬금없이 이곳에서 살라니. 여름방학 동안 학원을 뺑뺑이 돌지 않아서 그나마 환영

할 일이지만, 굳이 퀴퀴하고 구린 냄새를 풍기는 동물 농장에 처박혀 중학교 마지막 여름방학을 보낼 마음은 추호도 없었다.

아빠는 무엇이 그리 급한지 냉커피 한 잔을 마시고는 일어났다. 그러면서 삼촌한테 따로 할 말이 있는지 따라 나오라고 고갯짓을 했다. 나를 제쳐두고 둘이서 비밀 이야기를 나누는 게 찜찜해서 아빠를 빤히 쳐다보았다.

아빠는 내 기분은 아랑곳하지 않고 작별 인사를 했다.

"준서야, 삼촌이랑 잘 지내라."

나는 뒤돌아가는 아빠를 멀거니 보면서 아무 말도 하지 못했다.

2. 태양은 사라졌다 ☀

하늘을 뜨겁게 달구었던 태양은 사라졌다. 그러나 열기는 남았다.

사방에서 뿜겨져 나오는 열기는 마치 내 몸과 정신을 녹일 듯이 친친 휘감았다. 벽에 걸린 낡은 선풍기 한 대가 파열음을 내면서 돌아갔다. 귓속의 달팽이관을 긁듯이 돌아가는 쇳소리가 무더위와 뒤섞여 폭발할 지경이었다.

눈을 감은 채 가만히 누워서 더위를 견뎌냈다. 그래도 현관문을 열어놓을 수가 없었다. 사방이 풀숲이어서 뱀이며 모기, 벌레들이 돌아다닌다고 삼촌이 현관문 닫는 걸 잊지 말라고 겁을 주었다. 내겐 무더위보다 뱀이나 모기가 더 무서운 존재였다.

"준서야, 닭 사료 주는데 같이 갈래?"

반사적으로 눈을 떴다. 삼촌은 보이지 않고 목소리만 들려왔다.

'닭 사료 주는데…… 나더러 어떡하라는 거야?'

가만히 누워 있어도 몸에서 땀방울이 송골송골 돋아나는데, 냄새 나는 짐승들 속으로 들어가라고! 도로 눈을 감았다.

"얼른 나와라. 움직이면 더위도 달아나."

"헐……."

"시골에서는 응석받이가 통하지 않아."

"왕짜증!"

나는 삼촌 귀에는 들리지 않게 혼잣말로 뇌까렸다.

엄마 대타로 삼촌의 올가미가 서막을 올리는 듯했다. 그렇더라도 올가미를 풀고 당장 뛰쳐나갈 수도 없었다. 여긴 내게는 너무 낯설고, 집으로 돌아가는 길도 알지 못한다.

"빨리 나와보라니까!"

재촉하는 삼촌의 목소리에 마지못해 물 먹은 솜같이 무거운 몸을 일으켜 바깥으로 나갔다.

"저기 가까이 보이는 이층 시멘트 건물은 양들의 축사고, 저어기 언덕 위에 검은 천막은 닭들이 사는 축사야."

삼촌은 손가락으로 두 건물을 가리켰다.

닭들이 살고 있는 축사라니까 들여다보고 싶은 호기심이 발동했다. 나는 잠시 잊었던 병아리를 떠올리며 삼촌 뒤를 따라 올라갔다. 언뜻 보아도 덩치가 큰 짐승들의 똥이 여기저기 푸지게 널브러져 있었다.

행여나 똥을 밟을까 봐서 갈 지 자로 껑충껑충 뛰면서 땅만 보고 가다가 결국은 밟고 말았다.

"허걱."

위장이 울컥거리며 요동을 쳤다. 구역질이 났지만 그렇다고 스타일 구기게 요란을 떨기 싫어서 하늘을 올려다보았다. 하얀 뭉게구름은 덩이덩이 어울려 느릿하게 산등성이 위를 흘러가고 있었다. 눈이 편해지

17

니까 위장도 한결 가라앉았다.

삼촌이 나를 보고 싱긋 웃었다. 삼촌은 냄새를 맡지 못하는 게 아닐까? 아니면 똥 냄새를 좋아하는 독특한 취향의 변태! 우웩. 나는 일부러 삼촌이 들으라는 듯이 호들갑을 떨었다. 그러자 삼촌이 소리 내어 웃었다. 꼭 심술쟁이 도깨비 같았다.

삼촌은 내게 있어서 명절에만 만날 수 있는 친척이고, 아빠의 탐탁지 않은 동생이었다. 3년 전부터는 시골 농장을 한다면서 이상한 냄새를 풍기고, 그 냄새를 감추기 위해서 진한 장미 향수 냄새를 풍기는 촌스런 사람이었다. 그런데 갑자기 삼촌한테 내 영혼이 송두리째 내던져진 기분이 들었다.

내가 멈칫거리자 앞서 올라가던 삼촌이 너스레를 떨었다.

"똥 냄새 장난 아니지? 이삼 일만 지내봐라."

"이삼 일 지내면요?"

"익숙해져서 괜찮아."

나는 다시 삼촌 뒤를 따라 올라가다가 몇 발자국 떼지 못하고 또 똥을 밟아서 발이 미끄덩거렸다. 하마터면 질퍽한 똥에 엉덩방아를 찧을 뻔했다.

"삼촌, 여기도 똥 저기도 똥. 온통 똥 천지야!"

이런 똥 천지가 이삼 일만 지나면 괜찮아진다고? 마치 나를 바보 취급하는 것 같았다.

"이 녀석아, 이게 얼마나 귀한 거름인데……. 농작물 키우는 데 이보다 더 좋은 영양식은 없어."

"헐. 똥거름 주면 채소 먹을 때 냄새 안 나요?"

"냄새는 무슨. 화학 비료 주는 것보다 더 고소하고 맛있어. 하하."

"헐!"

"말끝마다 헐은 무슨 헐……. 하여튼 요즘 애들 말투하고는……."

삼촌은 괜히 내 말투에 시비를 걸었다. 물론 엄마 아빠도 가끔 내 말투를 문제 삼아 야단을 치긴 하지만. 어른들은 내 말투에 똑같이 경기를 일으키는 고리타분한 구닥다리였다. 말에도 시대에 따라 유행이라는 게 있는데…….

"이게 어떻게 이삼 일만 지낸다고 괜찮아져요? 냄새가 나는 건 나는 거지."

"내 말이 틀리나 지내보면 알지. 나도 처음에는 그랬으니까."

"난 절대 이런 냄새에 적응 못해요! 아니, 안 해요!"

나는 삼촌이랑 다르다는 걸 분명히 해두고 싶었다.

"짜식, 한 성깔 하네."

삼촌은 내 귀에 들릴락 말락 구시렁거렸다. 한참 동안 땀을 쭉쭉 흘리면서 풀밭으로 된 언덕길을 올라가는데, 갑자기 소란스런 소리가 귓속을 파고들었다. 주위를 살피는 순간, 닭들이 여기저기 흩어져 아무렇게나 돌아다니면서 난장판을 벌였다. 병아리만 있는 줄 알았는데 중닭들 수가 훨씬 많아 보였다.

"사료 다섯 포대 뜯어서 축사 안과 밖에 나눠주면 돼. 지들이 알아서 먹을 거야."

나는 축사 문을 열다가 소스라치게 놀랐다.

"완전 대박!"

바깥에서 보이는 크기보다 안은 대강당처럼 넓었다. 축사에는 크고 작은 닭들이 어림짐작으로도 알 수 없을 정도로 가득 차 있었다. 모래를 사방으로 흩날리며 날개를 퍼덕거리는 녀석들, 날개를 접고 몸을 동그랗게 오므린 채 눈을 감고 있는 녀석들, 혼자서 무엇에 쫓기듯 막 달리는 녀석들, 깃털을 바짝 세우고 몸을 날려 서로 킥복싱을 하듯이 곳곳에서 난투극이 벌어져 있기도 했다.

마치 환영을 보는 것처럼 눈앞이 어지러웠다. 문득, 삼촌 혼자서 이 농장을 꾸려나가는 걸까 의문이 들었다.

"삼촌 혼자서 이걸 다 키워요?"

"그려. 삼촌이 이 농장에서는 동물 대장이야, 대장!"

"어떻게 이 많은 닭들을 키워요?"

"닭만 있냐? 양도 있고, 양치기 개도 있고, 돌아다니는 들고양이, 고라니, 쥐새끼, 별별 게 다 살고 있지."

"아휴, 진짜 대박이다! 고양이가 병아리나 쥐를 안 잡아먹어요?"

"우리 농장 양치기 개가 영리하고 빨라서 농장 안에는 못 들어오고, 산자락만 돌아다녀."

"고양이도 엄청 빠른데……."

"대충 지들 마음대로 돌아다니면서 살게 내버려둬."

삼촌은 대책 없는 낭만주의자인가? 닭들만 봐도 숫자가 엄청났다.

"몇 마리나 돼요?"

"나도 잘 몰라. 양은 오십 마리야. 닭은 병아리 삼천 수 넣었는데…… 죽어 나자빠지는 녀석들이 자꾸 생기니까 알 수가 없지."

"죽기도 해요?"

"저희들끼리 싸우다가 죽기도 하고, 약한 녀석들은 먹이 다툼에 밀려서 제대로 못 먹고 병들기도 하지. 숫자가 많으니까 일일이 알 수가 없어. 그냥 먹이만 주고 풀어 키우는 거야."

삼촌은 아무렇지도 않게 대답하고는 축사 옆 창고 문을 열었다. 안에는 사료 포대가 차곡차곡 쌓여 있고, 농기구며 온갖 잡동사니도 뒤섞여 있었다. 대충 보아도 사료가 백 포대는 되었다. 삼촌이 사료 두 포대를 어깨에 메고 양들에게 준다며 언덕 위 숲속으로 올라갔다.

'이게 무슨 상황이지?'

반나절 만에 완전히 딴 세상 속으로 내팽개쳐진 기분이 들었다. 느닷없이 아빠 손에 이끌려 와서 동물 농장에 남다니…… 설움과 억울함이 가슴을 치밀고 올라와 콧잔등이 시큰거렸다. 하마터면 눈물이 터질 뻔했다.

'여기선 못 살아! 당장 내일 집으로 돌아갈 거야!'

나는 사료 포대 위에 풀썩 주저앉았다. 똥을 밟지 않으려고 다리에 힘을 주며 언덕길을 올라오느라 온몸에 힘이 쭉 빠졌다. 다리가 후들거려 서 있을 수도 없을 지경으로 지쳐버렸다.

한동안 넋을 잃고 앉아 있는데 사료 포대를 메고 갔던 삼촌이 들어왔다.

"너 여기서 뭐 하냐? 닭 축사에 사료 갖다 놓았어?"

"아뇨."

"왜? 힘들어?"

"다리가 너무 아파서요."

엄살이 아니었다. 장딴지에 알통이 배길 정도였다.

"언덕을 오르면서 깨금발 딛고 걸으니까 당연히 알통이 배기지. 가만히 앉아 있으면 다리가 안 풀려. 자꾸 움직여야 다리도 튼튼해지고, 근육도 생기지."

삼촌은 주먹을 불끈 쥐고는 팔꿈치를 구부려 근육을 보여주려고 애썼다. 팔에 알통이 봉긋하게 올라와 힘줄이 도드라졌다. 그러니까 삼촌한테서 야성미가 뿜어져 나왔다.

"한번 만져봐라. 얼마나 차돌 같은지."

내가 손가락으로 꾹 눌렀다. 알통이 단단해서 손가락이 미끄러졌다. 달걀 하나가 박혀 있는 것처럼 단단했지만, 내게 보여주기 위해서 이마에 실핏줄이 툭 불거지도록 애쓰는 삼촌의 모습이 우스꽝스러웠다. 저렇게 자랑하고 싶을까.

"근육이 생기려면 무거운 것도 잘 들어야 해. 그러면 나처럼 저절로 근육이 생겨."

결국 삼촌은 내게 사료 포대를 들고 닭 축사에 갖다 나르라고 했다. 15킬로그램이라고 겉봉투에 쓰인 사료 포대는 내가 두 손으로 안간힘을 썼지만 들 수조차 없었다.

"너무 무거워요."

"난 두 포대씩 들고도 숲속에 올라가. 오늘은 일단 나 따라다니면서 어떻게 하는가 봐둬라."

삼촌은 또 사료 포대 두 개를 번쩍 들어 어깨에 둘러맸다. 그러고는
닭 축사로 들어갔다. 삼촌도 사료 포대가 무거운지 땅에 내팽개치듯
던지고는 "휴." 하면서 숨을 토해냈다. 그러면서 힘자랑은…….

"봉투에 실밥으로 꿰매놨지. 그걸 뜯어서 여러 군데 나눠줘."

두툼하고 누런 종이 포대에 촘촘히 박힌 실을 어떻게 풀어야 할지
몰라서 망설였다. 손으로 뜯으려고 했지만 실밥을 좀처럼 당길 수도
없었다.

"가위로 자르는 게 나아요. 가위 없어요?"

"가위는 무슨……. 여길 잡아당기면 술술 풀리게 만들어놨어."

삼촌이 길게 나온 실밥을 잡아당겼다. 그러자 술술 풀리기 시작했
다. 실밥 뜯는데도 기술이 따로 있는 것 같았다.

"이런 일 해본 적도 없는데, 첫날부터 자꾸 시켜요."

나는 이윽고 불만을 터뜨렸다. 삼촌은 내가 농장 머슴으로 온 줄 착
각하고 있는 게 아닐까? 그런 생각이 들자 은근히 마음이 틀어졌다.

"누가 엄마 뱃속에서 나오면서 다 알고 나오냐! 다 배워서 아는 거
지. 안 그래?"

"몰라요."

삼촌이 또 엉뚱한 일을 시킬까 봐 아예 딱 잘라서 대답했다. 그런데
도 삼촌은 씩 웃으면서 대수롭지 않게 여겼다. 닭똥 냄새 때문에 얼른
이 축사를 도망치고 싶은데, 삼촌은 조금도 아랑곳하지 않았다. 냄새
조차 맡지 못하는 것 같았다.

삼촌이 포대를 들고 다니면서 여기저기 사료를 듬뿍 놓아주었다. 닭들이 낌새를 채고 앞다투어 득달같이 달려들었다. 앙증맞은 부리로 허겁지겁 쪼아대면서 어찌나 욕심 사납게 설쳐대는지 사료가 공중으로 휙휙 휘날렸다.

"아휴, 게걸스럽기는."

아무리 닭들이지만 먹이를 앞에 두고 아귀다툼을 벌이는 게 꼴 보기 싫었다. 삼촌은 한 포대를 다 부어놓고 다시 남은 포대의 실밥을 뜯기 시작했다.

"들기 무거우면 끌고 다니면서 몇 군데 나눠서 줘. 난 창고에 가서 또 가져와야 해."

손가락 하나 까딱하지 않으면 삼촌이 섭섭해할 것 같았다. 조금이라도 도와주는 시늉이나 하자고 포대에 손을 넣어서 사료를 훑어냈다. 사료가 봉투에서 쏟아져 나오자마자 닭들이 와르르 달려들었다.

"야, 저리 가! 아휴!"

내가 물러날 여유도 주지 않고 달려들었다. 포대를 두 손으로 잡고 질질 끌면서 사료를 주는 동안, 삼촌은 또 두 포대를 가지고 들어왔다. 삼촌은 안쪽으로 가서 훌쩍 던져놓고 남은 한 포대를 가져온다고 급히 나갔다.

"여름방학 동안 여기서 사는 건 말도 안 돼!"

날마다 이런 일을 하는 건 상상할 수조차 없었다. 사료 한 포대를 다 부어놓고 돌아서는데, 뭔가 분위기가 이상했다. 가만히 지켜보고 있자니 닭들이 사이좋게 모이를 먹는 게 아니었다. 그냥 자기 몫만 먹어도 될 텐데, 옆에 다른 녀석들 못 먹게 하려고 부리로 쪼아대면서 아귀다툼을 벌였다. 어떤 녀석들은 아예 자기 먹이를 포기하면서 다른 녀석들이 먹이 가까이 다가오지 못하게 하느라 깃털을 쫑긋 세우고 기세를 부리면서 쫓아내는 게 아닌가. 그 틈에 아예 사료에 머리를 처박고 자기 먹는 것에만 몰두하는 녀석들도 있었다. 그런데 계속 지켜보고 있으니까 서로 맞붙어 싸우는 녀석들은 그래도 고만고만한 덩치가 있는 녀석들이었다. 그 틈에 끼어들지도 못한 채 멀찌감치 서서 제 딴에는 억울한 듯 '삐악삐악' 아우성을 치며 폴짝폴짝 뛰는 작은 병아리들도 보였다.

"어휴, 냄새!"

냄새가 점점 지독해 더는 축사에서 버틸 수가 없었다. 나는 부리나케 밖으로 뛰쳐나왔다. 삼촌이 한 포대를 아예 바깥에서 뜯어 들판 곳곳에 뿌려주었다.

"이건 밖에서 돌아다니는 녀석들 몫이야! 벌써 다 줬어?"

나는 고개를 절레절레 흔들며 뒤돌아서서 들판을 한번 둘러보았다.

들판을 돌아다니면서 따로 노는 병아리, 무리를 이룬 채로 오도카니 앉아 있는 녀석들도 눈에 띄었다. 자기 밥그릇도 챙기지 못하고, 덩치 큰 녀석들을 피해서 나약하게 움츠러든 병아리들이 안타까우면서도 바보 같아 보였다. 삼촌이 사료를 부어놓았는데도 알지 못하는지 저 홀로 돌아다니면서 땅을 쪼고 있기도 했다.

어쩌면 나라는 존재도 저 나약한 병아리나 마찬가지일지도 몰랐다. 무리에 어울리지 못하고 따로 노는 외톨이인지도……

순간, 짜증이 났다. 얼른 이 자리를 벗어나고 싶었다. 축사 안에 있는 삼촌을 두고 곧장 오두막으로 내려왔다. 막상 오두막으로 들어갔지만 달리 할 수 있는 게 없었다. 컴퓨터도 게임기도 스마트폰도 없었다.

"아빠는 왜 스마트폰도 빼앗은 거야!"

아빠가 눈앞에 있는 것처럼 큰 소리로 외쳤다. 스마트폰을 압수당할 때만 해도 이렇게 갑갑하고 숨 막힐 줄 몰랐다. 오히려 엄마의 시도 때도 없이 폭격해대는 문자질에서 벗어날 수 있다고 한순간 생각한 게 어리석었다. 손이 다 떨릴 지경이었다. 순간순간 중독 증세가 나를 미치게 했다. 이 정도로 괴로울 줄이야. 이럴 줄 알았으면 집에서 출발할 때, 스마트폰을 돌려달라고 떼를 써보기라도 할걸.

삼촌의 방에는 집 전화기도 보이지 않고 컴퓨터도 없었다. 텔레비전이라도 볼까 하다가 그런 의욕도 없었다. 마치 타임머신을 타고 구석기 시대로 뚝 떨어진 기분이었다. 더군다나 짐승들의 똥 냄새가 어느새 내 몸에 배어버렸다. 퀴퀴한 냄새가 무더위와 뒤섞여 나를 무기력증에 빠져들게 했다.

방바닥에 벌렁 드러누웠다가 까무룩 잠이 들었다. 문이 벌컥 열리는 소리에 화들짝 놀라 눈을 떴다.

"에고, 그것도 일이라고 누웠냐? 한창 피가 펄펄 끓을 나이에 왜 그리 비실비실하냐, 응!"

삼촌의 비난에 안 그래도 주눅이 든 마음이 한결 오므라들었다.

"너 양순이들 봤냐?"

"양순이들이 누군데요?"

"양 떼 말이야. 숲속에 올라가 봤어?"

"아뇨."

"빨리 나와라. 누워 있으면 더 기운 빠진다니까."

삼촌 목소리에 거부할 수 없는 강요가 실려 있었다. 어쩔 수 없이 삼촌을 쭐레쭐레 따라 나갔다.

양 축사 앞에 멈춰 선 삼촌은 손가락 두 개를 입 안에 넣더니 휘파람을 불었다. 휘파람 소리가 어찌나 우렁찬지 저녁노을을 타고 사방으로 퍼져나갔다.

잠시 후에 언덕 위로 양 떼의 모습이 나타났다. 양 떼는 뿌연 먼지를 일으키면서 우르르 몰려 축사를 향해 질주했다. 그 주위를 개 한 마리가 함께 뛰면서 몰이를 했다. 책에서만 보았던 양치기 개였다. 양 떼 주위를 앞서거니 뒤서거니 달리면서 혼자서 날뛰는 모습이 우스꽝스러웠다.

"저 개 종이 뭐예요?"

"진돗개야. 아주 영리하고 똑똑한 녀석이지."

"삼촌 말을 알아들어요?"

"그러니까 저 혼자서 양순이들을 몰고 다니며 풀을 뜯어 먹게 하고 축사로 데려오지."

삼촌이 자랑스럽게 말했다.

"난 사료만 주고 똥만 치워주면 칸이 알아서 다해."

"저 개 이름이 칸이에요? 생긴 거 하고 이름이 어울리지 않네."

"몽골 종족의 우두머리를 칸이라고 하지. 왕이란 뜻으로 지은 멋진 이름이야. 웬만한 사람보다 나아!"

개가 알아서 척척 다한다는 게 왠지 듣기 불편했다. 사람보다 낫다니……. 나보다도? 난 왠지 혼자서는 아무것도 해결해낼 자신이 없는데. 굳이 뭔가를 혼자서 이루어야겠다는 욕심도 없었다. 세상 일이 다 귀찮고 짜증 나고 지루했다. 내가 지금 여기에 왜 있어야 하는지도 불만이었다.

삼촌이 아무리 양치기 개를 자랑하더라도 아파트에서 살아온 나는 이런 동물들과 맞닥뜨리는 것조차 낯설고 불편했다. 가까이 다가와서 물기라도 할까 봐 두려움마저 들었다. 내 고향은 하늘 위로 치솟은 콘크리트 아파트가 아닌가. 집 안에서 풀 한 포기 자라지 않고 뿌연 흙먼지도 날리지 않는 깔끔한 공간은 내게 더없이 익숙한 보금자리였다. 그러니 삼촌의 동물 농장은 내게 유배지나 다름없었다.

양들은 달리는 순간에도 자신의 존재감을 남기듯 똥을 남겼다. 내 앞을 스쳐서 달려가는 양 떼를 보고 저절로 인상이 찌푸려졌다. 들판과 숲속을 돌아다니면서 흙이며 똥이며 가리지 않고 아무렇게나 뒹굴었는지 양털이 누렇게 찌들어 털 뭉치가 들러붙어 있었다.

'이런 게 아니잖아?'

텔레비전이나 사진으로 보았던 양 떼 목장과는 전혀 다른 모습이었다. 넓고 푸른 초원 위로 파란 하늘이 펼쳐져 있고, 솜사탕보다 더 부드러운 뭉게구름이 유유히 떠다니는 목장 풍경. 하얀 털이 반짝이는 양들이 삼삼오오 모여서 한가하게 풀을 뜯고 있는 평화로운 장면이 내가 상상했던 목장의 풍경이었다.

양치기 개가 짖자 양 떼는 우리 안으로 차례로 들어갔다. 이미 훈련이 되어 있는지 계단을 밟고 이층으로 올라가서는 이 더운 여름에 몸뚱이를 맞대고 가만히 서 있는 게 아닌가.

더럽게 미련스러운 녀석들이다. 안 그래도 후텁지근하고 가만히 서 있어도 땀이 송골송골 돋아나는데, 녀석들의 행동은 보기만 해도 짜증 지수를 머리끝까지 올렸다.

"삼촌, 더워 죽겠는데 쟤들은 왜 붙어 있는 거예요?"

"양순이들 습성이지."

"이상한 습성을 가졌네요. 더운데 왜 저래?"

동물마다 타고난 습성이 다 다르다는 것쯤은 나도 알고 있다. 그런데도 이 더운 날에 구태여 더러운 털을 맞대고 붙어 있을 게 뭐람. 보기만 해도 짜증 지수가 치솟는데…….

나는 녀석들이 꼴 보기 싫어서 얼른 발길을 돌렸다.

3. 너는 어느 별에서 왔니?

문득 눈을 떴을 때, 햇살이 쏟아져 들어왔다. 햇살이 부서져 내린 방 안은 하얀색으로 덧칠해놓아 사막처럼 황량했다. 마치 낯선 사막에 홀로 버려진 짐승이 된 것 같아 두려움이 밀려들었다.

삼촌은 보이지 않았다. 손으로 머리 주위를 더듬거리면서 스마트폰을 찾았다. 아침에 눈을 뜨면 으레 스마트폰으로 시간을 확인했던 것이다. 나는 손을 더듬거리다, 어제 집에서 출발할 때 스마트폰을 아빠한테 빼앗겼다는 걸 새삼 깨달았다.

'왜, 폰을 빼앗는 거야!'

갑자기 금단증상처럼 손을 어디에 둘지 몰라서 마음이 먼저 허우적거렸다. 창으로 쏟아져 들어온 햇빛에 눈을 제대로 뜨지 못할 정도로 눈부신데, 가슴 한가운데는 블랙홀처럼 뻥 뚫렸다.

나는 몸을 일으켜서 부스스한 얼굴과 머리를 맨손으로 문지르면서 정신을 차리려고 애썼다. 도망치고 싶었다. 하룻밤을 지내면서 여기를 떠나야 할 이유가 몇 가지 더 생겼다.

밤이 되자 세상은 깜깜해서 어둠 속에 혼자 고립되어 무서움마저 들었다. 한밤중에 길고양이는 갓난아기로 변신을 해서 울음소리를 내고, 영혼까지 찢을 듯이 괴성을 지르는 정체불명의 울음소리에 소스라치게 놀랐다. 삼촌은 고라니 울음소리라고 하지만 나는 본 적이 없어서 그 역시 공포의 대상이었다. 한밤중에 마음을 복잡하게 어지럽히는 개구리 울음소리는 또 어떻고.

풀벌레 울음소리며 바람결에 나뭇잎이 싸각대는 소리, 자연의 소리는 은근히 공포심을 느끼게 했다. 자연과 더불어 여름방학을 지내라는 엄마 아빠의 말은 내가 느끼는 공포를 조금도 고려하지 않고 내린 판단이었다.

삼촌이 해주는 음식도 입에 맞지 않아서 배가 고픈데도 숟가락질 두어 번 하다가 내려놓고 말았다. 된장국에 푸성귀는 내가 먹는 음식이 아니었다. 내겐 너무 생소한 이런 음식을 먹고 살라니. 그나마 삼촌이 낮에 이어서 라면을 끓여주는 바람에 겨우 배고픔은 달랠 수 있었다.

삼촌의 농장은 양념 치킨이나 피자를 배달시켜 먹을 수도 없는 외딴 지역이었다. 먹고 싶은 것을 먹을 수도 없고, 스마트폰도 없고, 텔레비전은 삼촌이 저녁 내내 리모컨을 손에서 놓지 않아서 짜증스러웠다. 무엇보다도 낯설고 불편한 마음을 갖게 하는 것은 별로 친하지도 않은 삼촌과 저녁 내내 한 방에서 지내고, 함께 숨을 쉬면서 잠을 자야 하는 현실이었다.

물론 집에서도 엄마 아빠와 살갑게 가족의 정을 나누는 편은 아니었지만, 익숙해서 아무렇지도 않게 생활했다. 낯선 공간에서 익숙하지 않은 존재들과 함께 살아야 한다는 건 불편하기 짝이 없었다. 이런 이유가 섬광처럼 떠오르자 좁은 공간이 갑갑해서 밖으로 나왔다.

나는 두 손을 활짝 벌리고 숨을 크게 몰아쉬면서 하늘을 올려다보았다. 탁 트여 있는 더 넓은 하늘을 향해 가슴과 어깨를 활짝 폈다. 하늘이 내 가슴속으로 들어오면서 여태껏 움츠러졌던 마음이 파란빛으로 물들어가면서 농장이 순식간에 새롭게 느껴졌다.

"딱 하나 좋은 게 있네! 엄마 문자 폭격을 당하지 않으니……."

결국 늘 나를 옭아매고 있던 게 스마트폰이란 걸 깨달았다.

삼촌이 축사에서 나왔다. 긴 대나무를 들고 있다가 내게 오라고 손짓을 했다.

"양순이들 몰아내봐라. 그러면 지들이 알아서 숲속으로 갈 거야."

"떠받으면 어떡해요?"

"아주 순하디순한 녀석들이야. 겁이 많아서 늘 자기들끼리 뭉쳐서 돌아다녀. 눈도 나빠서 헛발질하다가 넘어지기도 해."

삼촌의 설명에도 나는 선뜻 다가갈 수 없었다. 녀석들의 머리에는 휘어진 뿔이 솟아나 있었던 것이다.

"해보지도 않고 지레 겁먹기는……."

녀석들이 나를 겁쟁이로 만들어버렸다. 삼촌은 타박을 하면서 긴 대나무를 내게 건네주었다. 나는 얼떨결에 받아 쥐고는 잠시 머릿속이 복잡하게 엉클어졌다.

'이게 아니잖아!'

딱 하룻밤을 버티고 나면 곧장 집으로 갈 거라고 결심을 했는데. 얼렁뚱땅 농장 일을 도우면서 이렇게 하루를 시작하면 중간에 가겠다고 말을 꺼내기도 어려운 게 아닌가.

"배고프지? 한창 먹을 나이에 하루 종일 라면 두 개로 때웠으니 배가 등짝에 붙었겠다. 얼른 양순이들 숲속으로 올려 보내고 아침 먹자."

삼촌이 다정하게 말했다. 다정함에 마음이 조금 약해진 나는 갈 때까지는 삼촌의 말을 들어주기로 했다. 그러나 삼촌의 말에 떠밀리듯 축사로 들어갔다가 곧장 용수철처럼 튀어나왔다. 숨이 막히고 속이 울렁거려 구역질이 올라왔다. 밖에서도 구린 냄새가 널리 퍼졌지만, 축사 안은 닫힌 공간에 똥과 오줌을 아무 데나 질러놓아 숨을 못 쉴 정도였다. 눈앞에서 왱왱거리며 새까맣게 날아다니는 파리 떼는 마치 소용돌이치듯 눈을 어지럽혔다. 마치 파리를 생산해내는 공장 같았다.

"왜 그래? 들어가기 불편하면 장화로 바꿔 신어라. 그러면 똥이 묻든 뭐가 묻든, 일 끝나고 장화에 물만 뿌려주면 돼."

삼촌은 정말 냄새를 맡지 못하는 걸까?

"냄새 때문에 숨이 막히는데 어떻게 들어가요? 파리도 너무 많고……."

나는 화가 났다는 걸 보여주기 위해서 들고 있던 대나무를 땅바닥에 내팽개쳤다.

"짜식, 까탈스럽기는…….

삼촌이 막대기를 다시 집어 들고는 축사 안으로 들어갔다. 나는 멀거니 서서 삼촌의 행동을 지켜보았다.

"나가! 나가!"

삼촌이 이층으로 올라가서 긴 대나무를 휘두르면서 소리쳤다. 그러자 양들이 용케도 대나무를 피해서 계단을 밟고 우르르 몰려서 밖으로 나왔다. 양들은 밖에 나와서도 웅성거리면서 흩어지지 않고 뭉쳐 있었다. 저희들끼리 얼굴을 보고 대화를 나누기라도 하듯이.

나는 양들이 내 몸에 닿기라도 할까 봐 멀찌감치 물러나 있었다. 밖으로 나온 삼촌이 주위를 두리번거렸다.

"어젯밤에 칸이 또 외출했네. 칸 기다리다가 양순이들 숲속으로 올려 보내는 게 늦었어."

삼촌이 "칸!" 하고 부르고는 휘파람을 불었다. 그러자 양치기 개가 농장 아랫길에서 불쑥 나타났다. 양 떼가 잠이 들면 몰래 농장을 빠져나가서 놀고 온다는 것이다. 몰래 놀다가 온 걸 땜빵을 하느라 더 큰 목소리로 위엄 있게 양들을 향해 짖어댔다. 양 떼는 칸의 신호에 따라서 언덕을 향해 줄지어 내달렸다.

"칸 되게 똑똑하네요."

"세상을 살면서 제 밥그릇 챙기는 법을 아는 영특한 녀석이지."

삼촌의 말에 가시가 박혀 있는 듯 귀에 거슬렸다. 왠지 나는 내 밥값도 못하고 사는 찌질이처럼 느껴진 걸까. 은근히 약이 올랐다. 삼촌의 말투에는 여길 떠날 때까지는 삼촌 일을 도와줘야 한다는 걸 빗대어 말하는 것 같기도 했다.

"삼촌, 이제 뭐 할 거예요?"

나는 혼자서 오두막으로 돌아가기도 뒤통수가 부끄러웠고, 가만히 서 있자니 지루했다.

"닭 사료 주러 가야지. 에고, 그나저나 축사 청소해야겠어."

"헉! 냄새가 지독해서 숨도 못 쉬겠는데……. 저 안에 들어가서 청소를 한다고요?"

내가 놀라서 묻자, 삼촌은 피식 웃었다.

"풀만 먹으면 똥에서도 풀 냄새가 나는데, 사료를 먹이니까 냄새가 더 지독한 거야."

"풀만 먹으면 풀 냄새가 나요?"

"먹은 대로 나오니까 정직한 거지. 짐승도 사람처럼 환경이 지저분하면 병에 걸리기도 쉬워. 여름에는 축사를 자주 치워야 전염병도 안 생기고, 건강하고, 냄새도 씻어주지."

생각해보니 맞는 말이기도 했다. 그런데 갑자기 의문이 들었다. 설마, 나한테 축사 청소를 같이 하자며 부려먹지는 않겠지?

"부지런한 사람은 여름에는 사흘을 안 넘기고 축사에 쌓인 똥을 치우고, 물로 깨끗하게 씻는데…… 삼촌은 좀 게을러서. 우리 준서가 여름방학 동안이라도 이 삼촌 좀 도와줘."

나는 곧 집으로 돌아갈 건데, 웬 부탁은……. 삼촌이 자꾸 친한 척하면서 부려먹으려고 했다. 그렇다고 매몰차게 안 할 거라는 말을 입 밖으로 꺼낼 수는 없었다. 어물어물하며 결단을 미루는 내 성격 탓에 자꾸 발목이 잡히는 꼴이었다.

딱 한 번만! 삼촌을 도와주기로 마음먹었다. 삼촌이 저렇게 친해지려고 애쓰는데 그냥 떠나면 앞으로 삼촌 얼굴을 못 볼 것 같았다.

나는 삼촌의 말에 대답하지 않고 오두막으로 향했다.

"어디 가냐?"

내 대답을 기다리던 삼촌이 뒤통수에 대고 물었다.

"장화로 바꿔 신어야죠. 언덕으로 올라가는 길에 여기저기 똥이 깔렸는데, 슬리퍼 신고 가요?"

나는 혼자 하늘을 보면서 반항하듯 소리쳤다. 왜 눈을 뜨자마자 이런 상황을 겪어야 하는지 황당할 정도였다.

"신발장 옆에 장화 있어. 그 위에 모자도 있으니까 쓰고……."

삼촌의 말을 귓등으로 흘려듣고 오두막으로 들어갔다. 목이 말랐다. 냉장고에서 주스를 꺼내 한 컵 벌컥벌컥 들이켰다. 마음 같아선 방바닥에 벌렁 드러눕고 싶지만, 아침부터 삼촌의 눈총을 받기도 싫었다.

삼촌 혼자 사는데 장화는 세 켤레나 있었다. 누가 오든지 일을 부려 먹으려고 일부러 장화도, 모자도 여러 개 준비해놓은 듯했다. 장화를 신고 모자를 쓰고 나오자 삼촌은 벌써 닭 축사로 올라가고 있었다.

나는 일부러 느릿느릿 똥을 피해서 올라갔다. 어쩌다 똥이 살짝 밟혀도 장화를 신어서인지 한결 지옥 같은 마음에서 해방이 되었다. 원래 장화는 똥을 좀 밟아도 괜찮을 것 같았다.

축사에 다다르자 삼촌이 사료 두 포대를 어깨에 얹고 나왔다.

"내가 실밥 뜯어줄 테니까 넌 적당히 뿌려줘라. 그건 할 수 있겠지?"

"네."

내가 자꾸 일을 피해서인지 삼촌은 먼저 양해를 구했다. 그런 삼촌의 마음을 봐서라도 그 정도는 해야겠다는 생각이 들었다. 이왕에 장화로 바꿔 신고 따라왔으니 또 못 하겠다고 피할 수도 없지 않은가.

삼촌이 뜯어놓은 포대를 옆으로 끌고 가서 한 뭉텅이 부어놓고, 또 5미터쯤 끌고 가서 한 뭉텅이 부었다. 그러고 나니까 포대가 한결 가볍고, 두 손으로 들고 걸어갈 수도 있었다.

닭들은 내가 사료를 부을 때마다 득달같이 달려들었다. 닭대가리로도 자기 밥그릇은 용케도 알아차리고 모여들었다. 내 뒤를 졸졸 따라다니거나 한 발자국씩 내딛을 때마다 장화 뒤꿈치를 쪼며 짓궂게 굴기도 했다. 여간 성가신 녀석들이 아니다. 사료를 부어줄 때마다 여지없이 벌어지는 아귀다툼은 땀으로 범벅이 된 내 얼굴에 사료 딱지를 만들었다.

"어휴, 짜증 나!"

"다 먹고 살기 위해 치르는 전쟁이야!"

"사람보다 더하네!"

내 말에 삼촌이 웃음을 터뜨렸다. 사료를 다 주고 나서 삼촌이 허리를 주먹으로 두드리며 몸을 흔들었다.

"양들도 줘야죠?"

"어제 저녁에 줬잖아. 여름에는 풀이 워낙 무성하게 자라서 이삼 일에 한 번씩 줘도 돼."

삼촌은 빈 사료 포대를 주섬주섬 주워서 한쪽에 쌓아놓고, 괜히 이 것저것 들었다 놨다 했다.

"아침 일은 끝냈으니까 일단 밥 먹고 할 일을 찾아보자."

순간, 뜨악했다. 할 일을 찾으면, 그 다음은 무슨 일이든 싫든 좋든 계속해야 할 것이다. 내가 불법 감금을 당한 노예도 아닌데, 원해서 여기 온 것도 아닌데, 왜?

"집에 갈래요. 여긴 적응이 안 돼!"

나는 가슴을 다잡고 내 의사를 분명히 밝혔다. 어영부영 미루다가는 하룻밤, 또 하룻밤을 흘려보내야 할지도 몰랐다. 그러자 삼촌은 이마에 흐르는 땀을 지저분한 목장갑 낀 손으로 훑으면서 흘낏 보았다.

"야 이 녀석아, 겨우 하룻밤 자고 도망치냐! 작심삼일도 아니고……."

"내가 원한 게 아니에요. 농장에 와서 살겠다고 작심삼일 한 적도 없고요."

"긴긴 여름방학 동안 삼 일쯤 시골 농장에서 지낸다고 세상이 무너지냐! 마음의 여유를 가지고 좀 느긋하게 지내라."

삼촌은 나를 찌질한 사람으로 몰았다. 여기서 밀리면 나는 진짜 찌질한 사람으로 낙인이 찍힐 것이다.

"요즘 우리 같은 학생들이 무슨 여유가 있어 느긋하게 지내요? 죽지 못해서 살지."

"세상에 불평불만 없이 즐겁게만 사는 사람도 있다더냐!"

"나 빼놓고 다른 사람들은 다 행복해 보이는 걸요."

"인생은 멀리서 보면 희극, 가까이서 보면 비극이라고 하잖아."

삼촌의 말에 뒤통수 한 대를 맞은 기분이다. 무슨 뜻인지 이해는 되지만 굳이 골치 아프게 생각하고 싶지 않았다.

"그래도 지금이 마냥 좋을 때야."

"헐! 좋을 때라니……. 내가! 내가? 지루하고 답답해서 질식할 것 같은데…….."

나는 마치 고백을 하듯 입에서 줄줄 터져 나왔다.

"짜증만 내면 네 인생에 무엇이 달라지겠냐. 누가 대신 네 문제를 해결해주냐, 응? 아무도 못해 줘! 네 부모도 해줄 수 없는 부분이야."

삼촌은 내 문제가 무엇인지도 모르면서 다 꿰고 있다는 듯이 훈계를 했다. 누가 아저씨 아니랄까 봐서. 누가 건드리지 않아도 저절로 짜증이 나는데.

"그럼 이러자. 지금부터는 네가 하고 싶은 일이 있으면 하고, 하기 싫으면 안 하고, 삼 일만 지내봐라."

"삼 일 지내면요?"

"그래도 마음 붙이지 못하면 서울로 돌아가는 버스 정류장까지 바래다줄게."

삼촌의 말에 일단 건성으로 수긍했다. 하룻밤 자고 돌아가면 엄마 아빠도 실망할 텐데. 그러니 삼 일 밤만 자고 가기로 내 나름대로 합의점을 찾았다. 그런데 왜 엄마 아빠는 이런 동물 농장에 나를 보냈을까? 또 의문이 들었다.

"삼촌, 왜 엄마 아빠가 날 여기에 보냈어요?"

"난들 그 깊은 뜻을 다 알겠냐! 네가 스스로 찾아봐라."

"피잇!"

삼촌은 더 이상 나와 대거리하는 게 귀찮다는 듯이 서둘러 내려갔다.

아직 아침나절인데도 해가 얼굴을 따갑게 태울 듯이 뜨겁게 내리쬐고, 배에서는 꼬르륵 소리가 났다. 늘 아침을 걸러도 배고픔을 느끼지 못하는데, 오늘은 내 위장조차 유난을 떨었다. 어제 라면으로 두 끼를 때워서 더 허기가 졌는지도 몰랐다.

뒤늦게 오두막으로 들어가자 삼촌은 그새 목욕을 했는지 머리카락이 축축하게 젖어 있었다. 한 손에는 소쿠리를 들고 다른 손에는 수건을 흔들면서 문을 나섰다.

나는 삼촌이 돌아오기 전에 얼른 몸에 붙은 더러운 이물질을 떼어내듯 옷을 훌훌 벗었다. 후딱 목욕을 하고 나서야 한숨을 돌렸다. 남의 집에서는 목욕을 하는 것도 불편하고, 먹는 것도 쉬는 것도 다 어색하기만 했다. 내가 왜 이런 불편함을 견디면서 이곳에 머물러야 하는지 답이 나오지 않았다.

삼촌이 들고 온 소쿠리에는 여러 가지 푸성귀가 풍성하게 가득 담겨 있었다.

"농장에서 난 거름으로 키웠더니 아주 기름지고 달달해. 네가 신선한 채소에 적응할 때까지 삼촌이 다른 반찬도 해줄게."

삼촌은 직접 기른 채소가 자랑스러운지 소쿠리를 내 앞에 디밀었다. 내가 알고 있는 채소도 눈에 띄었다. 내 짧은 지식을 안다는 듯이 삼촌은 "요건 상추, 아삭이고추, 양상추, 치커리, 오이, 토마토……."라면서 열심히 설명했다.

"난 채소는 별론데."

"저녁에는 삼겹살 구워서 쌈 싸먹고, 아침은 호박으로 부침개 해줄게."

혼자 사는 삼촌은 엄마처럼 부엌일에 익숙해져 있었다. 아빠는 집에서 설거지도 안 하는데…… 집과는 좀 낯선 풍경이었다. 라면 빼고 삼촌이 직접 만들어주는 음식은 어떤 맛일까? 궁금했다.

기름 냄새가 작은 오두막을 가득 채워서 나는 토마토 하나를 들고 밖으로 나왔다. 배가 고파서 허리가 접힐 지경이었다. 토마토 하나를 다 먹을 때까지 호박전이 끝나지 않았다.

"삼촌, 아직 멀었어요?"

"배가 많이 고프지? 시장이 반찬이라고 배가 고파봐야 음식 귀한 줄도 아는 거란다."

"나도 다 알거든요."

삼촌은 내가 아무것도 모르는 것처럼 늘 가르치려 들었다. 나도 알 만큼 다 아는데…….

삼촌은 고추장과 된장을 섞은 양념장과 생으로 따온 채소들, 호박전으로 밥상을 차렸다. 국도 없이 밥 한 그릇이 전부였다. 내가 먹을 수 있는 반찬은 호박전이 전부였다.

배가 고팠지만 밥이 제대로 먹히지 않아서 물에 말았다. 배고픈 것만 채우려고 호박전 하나로 단숨에 뚝딱 먹어치웠다. 반찬이 맛있어서 먹은 게 결코 아니었다. 배를 채우고 나서 밥상에서 멀찌감치 물러나 있고 싶었다.

늦은 아침을 먹고 나서 삼촌은 곧장 침대 위로 몸을 던지듯 벌렁 드러누웠다. 식탁에 먹고 남은 푸성귀며 빈 그릇은 그대로 둔 채로. 나는 삼촌의 눈치를 살피다가 결국은 개수대에 빈 그릇을 한꺼번에 처박아 두었다. 설거지나 청소 따위는 해본 적이 없어서 이 정도면 내가 할 몫은 다했다고 생각했다.

아침부터 움직인다고 피곤했지만 쉬이 잠이 올 것 같지도 않고, 달리 할 일도 없었다.

"핸드폰 좀 빌려줘요."

눈을 감고 있는 삼촌에게 말을 걸었다.

"누구한테 전화하게?"

"그냥 심심해서…… 카톡이나 보려고요."

"내 건 폴더폰이야. 컴퓨터 기능은 없어."

"헐, 요즘 세상에 폴더 쓰는 사람도 있나요?"

어이가 없었다. 삼촌은 눈을 감은 채 웃음을 흘렸다. 잠시 후에 천장에 둔탁한 소리가 부딪힐 정도로 코를 '드르렁드르렁' 골면서 삼촌이 곯아떨어졌다. 방이 소음으로 가득 차서 짜증과 불쾌지수가 서서히 머리 위로 달아올랐다.

밖으로 나왔다. 그냥 돌아다니다가는 열사병으로 쓰러질 것 같았다. 다시 들어가 신발장 위 벽걸이에서 삼촌이 쓰는 밀짚모자를 꺼내쓰고 고무신으로 바꿔 신었다. 그러니까 마치 시골 농부가 된 기분이들었다. 밀짚모자를 얼굴과 귓불이 가려질 정도로 푹 눌러쓰고는 농장을 나왔다.

농장 밖은 주위가 산으로 둘러싸여서 집 한 채 보이지 않았다. 오로지 인공 구조물은 농장뿐이었다. 마치 산속에 유폐된 기분이다. 어디로 갈까 망설이고 있는데, 불현듯 내 앞에 병아리 한 마리가 하늘에서 툭 떨어지듯 나타났다.

"너는 왜 혼자 있니?"

심심하던 김에 말을 걸었다. 녀석은 사뿐사뿐 걸어서 내 앞으로 다가와 작은 부리로 고무신을 콕콕 쪼았다. 나는 쭈그리고 앉아서 녀석의 깃털을 손가락으로 살살 쓰다듬었다. 녀석이 가만히 나를 올려다보았다. 손으로 감싸 안았지만 여간 조심스러운 게 아니었다. 꽉 움켜쥐거나 실수로 떨어뜨리면 부상을 당할지도 몰랐다. 깃털 속의 살집이 너무 보드랍다 못해 징그러울 정도로 여려서 내 손끝이 떨렸다.

녀석을 손으로 감싸서 곧장 오두막으로 돌아왔다.

"삼촌, 삼촌!"

삼촌은 화들짝 놀란 듯 몸을 일으켰다.

"왜, 무슨 일이야? 무슨 일 났어?"

"이것 좀 보세요."

나는 병아리를 삼촌이 잘 보이게 내밀었다.

"무녀리는 왜 가져왔냐?"

"무녀리가 뭐예요? 병아린데."

"짐승 새끼 중에서 잘 자라지 못하고 비실비실한 못난 녀석을 시골에서는 무녀리라고 불러. 사람 중에서도 못난 사람을 무녀리라고 무시해서 부르지."

왜 무녀리란 말이 귀에 쏙 박혔을까. 혹시 나도 무녀리! 나는 고개를 흔들었다.

"애가 농장 밖에 나가서 혼자 돌아다녀요."

"그러다가 사나운 놈 만나면 잡아먹히기도 하지."

삼촌의 말이 매몰차게 다가왔다.

"큰 닭들이 병아리들을 심심하면 발로 차고 부리로 쪼아대던 걸요."

"짐승도 사람마냥 힘이 세면 갑질과 횡포를 부리는 거지. 이 녀석들을 보면 양보라는 게 없어. 약한 녀석들 지켜주자고 늘 감시할 수도 없고…… 나 혼자서 농장 일을 다해야 하니까 일손도 달리고……. 네가 무녀리들 잘 좀 돌봐줘라."

"제가요?"

"넌 어릴 적에 마음이 참 따뜻한 아이였어."

"삼촌이 어떻게 그걸 알아요?"

"왜 몰라. 난 가끔 네 생각이 나면 웃음이 나."

"왜요?"

"넌 불쌍한 걸 보면 그냥 지나치지 않았어. 친구가 힘센 동네 형한테 맞았다고 나한테 와서 대신 때려달라고 했잖아. 그때 내가 얼마나 곤혹스러웠는지 너는 모를 거야."

나는 얼른 떠오르는 게 없었다. 동네 형을 대신 때려달라고 부탁한 일도 떠오르지 않았다. 삼촌이 없는 말을 일부러 지어낸 걸까?

"좀 자세히 말해줘요. 난 기억도 안 나는데……."

"나중에, 지금 좀 자야겠어."

삼촌이 돌아누웠다. 그러고는 금방 코를 골았다.

뭔가 말려드는 기분이 들었다. 어떡할까? 내가 누구를 돌볼 수 있을까. 나는 누군가를 돌보기에는 아직 중학생이고, 어른들의 간섭을 받기에는 다 컸다. 이럴 땐 어떤 선택을 해야 할까?

나는 결국 거절할 수 없는 상황에 맞닥뜨리게 되었다. 손바닥 위에서 꼬물대며 '삐악삐악' 앙증맞게 우는 녀석이 내 가슴까지 떨리게 했다.

'도대체 너는 어느 별에서 왔니?'

4. 농장식구들

모처럼 마음을 열고 무녀리들을 돌보기로 마음먹었다.

"넌 다 클 때까지 여기서 살아."

나는 내 품에 들어온 무녀리를 문 앞에 놓았다. 무녀리는 내 손아귀에 잡혀 있느라 갑갑했는지 작은 날개를 파닥거리며 달리기하듯 주위를 쪼르르 내달렸다. 그러나 얼마 못 가 다시 돌아오고, 또 휙 돌아서 달려갔다. 혼자서 뒤뚱거리며 노는 모습을 보니 저절로 웃음이 나고, 다른 잡념이 사라졌다.

저렇게 활기찬 녀석이 어쩌다가 무녀리가 되었을까? 문득 의심스럽고 이상했다. 무녀리는 마치 제 세상을 만난 양 여기저기 마음껏 내달렸다.

"조금만 기다려라. 맛있는 거 줄게."

"삐악삐악."

무녀리는 내 말을 알아듣는 듯이 화답을 했다. 나는 싱크대 문을 열고 통에서 쌀 한 줌을 꺼내왔다. 무녀리 앞에 쌀을 한 줌 놓자, 녀석은 흠칫 놀란 듯 뒤로 물러났다가 다시 다가와 조심조심 살펴보았다. 처음 보는 먹이인지도 몰랐다.

내가 다시 작은 통에 물을 떠와서 쌀 옆에 놓았다. 무너리는 물 냄새를 맡고는 급히 달려들었다. 제 딴에는 목이 말랐는지 물 한 모금 먹고 고개를 뒤로 젖혀 하늘을 한 번 보았다. 그 동작을 반복하는데, 가만히 지켜보니 그 이유를 알 것 같았다. 목을 뒤로 젖혀서 물을 넘기는 게 하늘을 보는 것으로 보였던 것이다.

녀석은 활기찬 행동만큼 먹성이 좋지는 않았다. 겨우 쌀 몇 알을 콕콕 쪼아 먹더니 이내 흥미를 잃은 듯 주위를 또 쪼르르 돌아다녔다. 마치 혼자서 달리기 연습을 하는 것 같았다. 계속 지켜보고 있자니 점점 지루해지고 하품이 났다.

'여긴 너무 심심해! 친구도 없고 스마트폰도 없고 게임기도 없고…….'

심심한 시간을 때울 놀이는 아무것도 없었다. 차라리 잠자는 게 나을 것 같았다.

"삼촌, 아직도 자요?"

삼촌이 아무 대답을 하지 않는 걸로 봐서는 잠에 푹 빠져 있었다. 침대는 삼촌 차지고, 바닥은 왠지 끈적끈적한 느낌이어서 드러눕기 싫었다. 갑자기 잠이 쏟아졌다. 학교에서도 지금 이 시간이면 공부 시간에도 졸음이 쏟아질 때였다. 복층의 나무 침실로 올라가서 맨바닥에 드러누웠다. 선풍기 바람이 후텁지근했지만 나무에서 올라오는 기운이 시원해서 마음이 가라앉았다.

나도 모르게 설핏 잠이 들었다가 문득 눈을 떴다. 머릿속이 텅 빈 듯이 멍했다. 삼촌은 보이지 않고 텔레비전이 저 혼자서 떠들어댔다. 다시 눈을 감았지만 쉬이 잠이 올 것 같지도 않고, 그냥 누워 있자니 또 지루했다. 내 인생이 지루한지, 세상이 지루한지 이럴 때는 헷갈렸다.

밖으로 나왔다. 하늘 한가운데를 붉게 달구던 해는 어느새 서쪽 산봉우리 위에 걸려 있지만 여전히 후텁지근한 공기가 사방을 메웠다.

"삼촌! 삼촌!"

이 농장에서 찾을 유일한 사람은 삼촌밖에 없었다. 그러나 삼촌 목소리는 들려오지 않고, 칸이 짖고 있었다.

"멍 멍 멍."

"칸, 무슨 일이야? 왜 짖어?"

나는 양 떼가 풀을 뜯고 있는 숲으로 땀을 뻘뻘 흘리면서 올라갔다. 칸은 가만히 앉아서 하늘을 보며 짖고 있는데, 양들은 한가롭게 풀을 뜯고 있었다. 나는 멀찌감치 서서 칸을 보았다. 아직은 칸과 친해지지 않아서 낯설고, 좀 무섭기도 하고, 혼자서는 선뜻 가까이 다가갈 수가 없었다. 그렇다고 칸과 적극적으로 친해지고 싶은 마음도 없고, 단지 자기 혼자서 양몰이를 하는 게 특별해 보였다.

칸의 목에는 목걸이도 걸려 있지 않았다. 언제든 마음먹으면 아무데나 뛰어갈 수 있고, 내게도 달려들 수가 있었다. 별일이 아닌 듯 칸이 더 이상 짖지 않아서 막 뒤돌아서려고 하는데 칸이 벌떡 일어났다. 그 순간, 늑대의 모습이 칸에게 겹쳐 보였다. 소름이 돋고, 머리끝이 쭈뼛거렸다. 설마, 칸이 내게 덤벼들지는 않겠지?

"칸, 칸, 앉아! 앉아야지. 착하지, 칸?"

나는 손을 내밀어 앉으라는 시늉을 하면서 조용조용 말했다. 크게 말하면 공격하는 걸로 받아들여 내게 덤벼들 수도 있었다. 이럴 때 삼촌은 어디 가고, 나를 이렇게 곤경에 빠뜨리는지 울고 싶었다.

그러나 내 바람과는 달리 칸은 성큼성큼 다가오고 있었다. 달아나야 하나? 가만히 서 있어야 하나? 몸이 떨려서 고개를 돌렸다. 차마 칸의 눈을 볼 수가 없었다. 칸은 가까이 다가와서 가만히 나를 보고 있었다. 뛰어서 도망치면 칸이 공격할까 봐 잰걸음으로 닭 축사로 향했다. 내가 숨을 만한 곳은 닭 축사가 가장 가까웠다. 한갓지게 마음먹고 있다가 의외의 복병을 만나 혼쭐이 나고 있었다. 칸의 발자국 소리도 나지 않아서 어디쯤에 있는가 확인해보려고 뒤돌아보았다. 그런데 칸이 내 뒤에서 소리도 내지 않고 바투 따라오고 있었다.

나는 걸음아 나 살려라는 듯이 뛰어서 축사 안으로 도망쳤다. 축사 안에는 문고리도 잠글 만한 장치도 달려 있지 않았다. 삼촌은 왜 이런 것도 안 해놓은 거야! 삼촌에게 밑도 끝도 없는 화가 치밀었다.

주위를 둘러보니 지하수를 받아놓는 물통이 보였다. 나는 물통을 끌고 가서 문 입구를 막았다. 이 정도로 해놓으면 개가 사람도 아닌데 문을 밀치고 들어오지는 못할 것이다.

"아휴, 살았다!"

가슴을 쓸어내리며 나한테 위로를 했다. 비록 칸이 내게 대놓고 공격을 하지는 않았지만, 슬그머니 따라오는 그 자체가 공포로 느껴졌던 것이다. 그제야 축사를 두리번거렸다. 축사 안에는 몸집이 큰 닭들이 차지하고 있었다. 해가 서쪽으로 설핏 넘어가면 큰 닭들은 자기들이 알아서 축사로 들어오는데, 무녀리들은 여기서도 밀려난 걸까. 어쩌다 눈에 띄는 무녀리들은 저희들끼리 옹기종기 모여서 있는 듯 없는 듯 구석에 처박혀 있었다.

"꼬꼬꼬꼬꼬."

갑자기 몸집이 큰 닭이 앙칼지게 괴성을 지르며 킥복싱을 날렸다.

"야, 저리 가! 안 가!"

순간, 당황해서 소리를 질렀다. 자기들끼리 싸움을 할 때는 그냥 구경꾼으로 있었는데, 막상 나 혼자 있는데 덤벼드니까 살짝 겁이 났던 것이다. 양치기 개를 피해서 닭 축사로 도망쳐 왔는데, 이젠 기세등등한 닭한테 공격을 받았다.

내가 소리를 지르자 이번엔 다른 닭들까지 내게로 모여들었다. 평소에는 날지도 않던 녀석들이 날개를 세차게 푸드덕거리며 떼로 몰려 겁을 주는 게 아닌가. 개중에는 휙 날아서 내 가슴을 발로 차고 부리로 들이받는 녀석들도 있었다. 닭한테까지 공격을 당하니까 나도 오기가 생겼다.

순간적이나마, 내가 너무 바보 같고, 겁쟁이고, 찌질하게 느껴졌다. 닭한테 당하면서도 겁먹다니……. 나는 두 주먹을 불끈 쥐었다.

"어라! 덤벼봐, 덤벼봐!"

계속 겁먹고 있자니 은근히 성질이 났다. 덩치로 보나 키로 보나 감히 나한테 덤벼들다니. 저희들끼리 세력 다툼, 먹이 다툼을 일삼더니, 나한테도 똑같이 행동하는 게 아닌가.

"내가 만만해 보여, 응? 응?"

닭들이 나를 공격하기 전에 발로 차려고 했지만 헛발질을 하고 말았다. 내 발길보다 녀석이 먼저 날카로운 발톱을 세우고 내 가슴팍을 쳤다. 이럴 줄 알았으면 킥복싱이라도 배워두는 건데.

"야, 저리 안 가!"

나는 그만 울부짖고 말았다. 혼자서는 도저히 당해낼 도리가 없었다.

그런데 축사 문이 덜컹덜컹하다가 막아놓은 물통이 쓰러져 뒹굴었다. 그러니까 문이 열리고 칸이 나타났다.

"으르렁- 으르렁-."

칸이 평소처럼 짖지 않고 호랑이처럼 으르렁대는 게 아닌가. 그러자 나를 공격하던 닭들이 공격을 멈추고는 목을 길게 빼고 맞장구를 쳤다.

"꼬끼오- 꼬끼오-."

닭들은 꼬리를 바짝 세우고, 목에 난 깃털까지 치켜들고 목을 길게 빼고는 목청껏 소리쳤다. 이러다가 양쪽에서 협공을 당할 것 같았다. 어떻게든 이 위험으로부터 벗어나고 싶었지만, 도망칠 용기도 나지 않았다.

그런데 이상한 일이 벌어졌다. 칸이 나를 향해 공격하는 게 아니라, 닭들을 향해 으르렁대고 있었던 것이다. 닭들은 슬며시 꼬리를 내리고 슬금슬금 뒤돌아서서 다른 무리 속으로 숨어 들어갔다. 칸이 다가와 내 주위를 어슬렁거리자 닭들이 농시에 멀찌감치 떨어지더니 땅에 고개를 처박고 콕콕 쪼고 있었다.

"칸, 고마워! 고마워!"

나는 어디서 그런 용기가 생겼는지 손을 내밀고 칸의 목 아래를 만

겨주었다. 삼촌이 미리 일러주었던 것이다. 목 아래를 만져주면 좋아
한다고. 칸이 가만히 있었다. 내가 겁먹은 걸 알고 있는 듯. 이제 닭들
이 내게 덤벼들면 칸을 불러야겠다는 생각이 들었다.

밖으로 나왔다. 칸도 함께 따라 나와서 주위를 빙빙 돌았다. 그러고
는 양 떼를 향해 날듯이 재빠르게 올라갔다. 칸이 사라진 걸 알고 닭들
이 또 덤벼들까 봐 서둘러 내려왔다.

"어디 갔다 오냐? 불러도 대답이 없던데⋯⋯."

삼촌이 물었다. 결국 나 혼자서 쫓기고 달아나고 공격당하고, 울고
싶었다.

"얼굴은 왜 그래? 땀을 뻘뻘 흘리고 옷까지 다 젖었네. 이 더위에 혼
자 마라톤 했냐?"

"칸이 짖어대기에 무슨 일인가 하고 갔는데⋯⋯."

나는 숨을 돌리느라 말을 끊었다.

"별다른 일은 없고? 혹시 산에서 짐승이 내려왔더냐?"

"아뇨. 그냥 짖어서 갔는데⋯⋯ 날 빤히 노려봐서, 무는 줄 알고 도
망쳤어요. 닭 축사로⋯⋯."

"하하하. 가끔 지도 심심하면 날아가는 새 보고 짖기도 해. 이제부
터 칸 밥은 네가 챙겨라. 그러면 훨씬 친해지고 칸이 무섭지도 않을 거
야."

삼촌이 대수롭지 않게 넘겨서 좀 서운한 마음이 들었다. 나는 다리
가 후들거리도록 혼쭐이 났는데.

"그래도 좀 무섭던데요. 칸이랑 친해지기 어렵고, 닭들도 킥복싱으

로 공격하고……."

"야 인마, 그렇게 겁이 많아서야! 널 공격한 게 수탉들이야. 수탉들이 사납긴 해도 네가 몇 살인데 무서워해? 너 아무래도 삼촌하고 방학 동안 같이 지내면서 담력도 좀 키우고 힘도 기르고, 좀 다부지게 행동해야지. 지금은 너무 허약해!"

갑자기 삼촌의 말에 기분이 나빠졌다. 내가 어때서? 개를 무서워하고 닭한테 공격당한다고 허약한가?

"난 짐승 안 키워봤거든요. 그러니까 낯설어서 무섭지……."

나를 무시하는 것 같아 약이 올랐다.

"이거나 먹어라. 제대로 못 먹고 라면으로 끼니를 때우는 것도 하루 이틀이지, 삼촌이 네 생각해서 가져온 거야."

소쿠리에는 삶은 감자며 찐 옥수수, 포도가 있었다. 내가 물끄러미 보자 삼촌은 음식에 대해서 구구절절 설명했다.

"여기 아랫집에 가서 얻어왔어. 조카가 입맛이 안 맞아서 밥도 잘 못 먹는다고 하니까 그 집 할머니가 너 갖다주라고 이 더운데 일부러 쪄 주셨어. 그게 시골 인심이지. 할머니랑 그 집 식구들이랑 친하게 지내고 있거든."

좀 황당했다. 생판 모르는 할머니가 내게 음식을 주는 게 이상했다.

"근데 여기에 이웃집이 어디 있어요? 집이라곤 보이지도 않던데……."

"아, 그래도 그 집이 농장에서 가장 가까운 집이야. 차로 삼사 분 정도, 걸어서는 십오 분 정도는 걸리겠지."

"그렇게 먼데 가까운 이웃이에요? 뻥이 너무 심했네요."

삼촌이 허풍을 떨면서 과시를 하는 애들 같아 어처구니가 없었다.

"삼촌이 뭐 필요한 거 있으면 그 집에서 도움을 줘. 시골은 이웃과 잘 지내야 살 수 있는 곳이야. 도시처럼 아파트 현관문 딱 닫고 나 혼자만 살 수 있는 곳이 아니지. 나중에 그 집 식구들과도 만나게 되면 인사 잘해라."

"네. 그러죠 뭐."

내가 이곳에서 평생 살 것도 아닌데 삼촌은 이웃 사람들까지 들먹였다. 그것도 걸어서 십오 분 정도 가야 하는데. 하지만 삼촌이 내민 포도와 옥수수는 내가 좋아하는 음식이었다. 여기 와서 제대로 못 먹은 탓일까. 한번 먹기 시작하니까 마치 며칠 굶주린 사람처럼 허겁지겁 먹어댔다.

"맛있지?"

삼촌은 재차 확인을 했다. 내가 잘 먹으니까 삼촌도 기분이 좋아 보였다. 삼촌과 앉아서 점심 겸 간식으로 소쿠리에 담긴 음식을 다 먹고 나니까 좀 살맛이 났다.

내가 다시 밖으로 나가려고 하자 삼촌이 붙잡았다.

"대낮에는 안 돌아다니는 게 최고야! 일단 쉬었다가 해 지고 나면 일 봐야지."

나는 복층 침실로 올라갔다. 밖은 뜨거워서 정말 돌아다니기도 힘겨 웠다.

"삼촌, 에어컨 한 대 사서 틀면 시원하고 좋잖아요?"

"낮에만 덥지 해만 지면 숲에서 바람이 불어와 시원해. 그래서 여름은 숲이 좋은 거야."

삼촌은 모든 걸 긍정적으로 받아들였다. 그러니 여기서 영영 살지도 않을 내가 따질 일도 아니었다. 난 마음 내키면 언제든지 떠나면 그만이니까.

낮잠을 잔 탓에 더는 잠이 오지도 않아, 해가 지기를 기다렸다. 그러나 코를 골고 자는 삼촌이 신경에 거슬려 더는 오두막에서 버틸 수가 없었다. 밖으로 나오면서 그제야 문 앞에 두었던 무녀리가 떠올랐다. 녀석이 나를 보고 쪼르르 달려와 장화를 쪼았다. 제 딴에는 반갑다고 장난질을 거는 것 같았다. 내가 아까 놓아둔 쌀도 그새 없어졌고, 물은 데운 것처럼 뜨끈뜨끈했다. 내가 시원한 물로 갈아주자 녀석이 목이 말랐는지 물 한 번 찍고 하늘 한 번 쳐다보기를 되풀이했다. 그 모습을 지켜보자니 저절로 웃음이 나왔다.

주위를 휘둘러보았다. 무녀리들은 한 마리씩, 아니면 두세 마리씩 후미진 곳에 가만히 앉아 있었다. 기운이 없어 보이기도 했지만, 왠지 쓰러질 것처럼 비실거렸다. 지루해서 몸이 뒤틀릴 지경인데 차라리 농장에 흩어져 있는 무녀리들을 모으러 다니기로 했다.

그런데 녀석이 뒤뚱뒤뚱하면서 내 발자국을 밟으며 따라오는 게 아닌가.

"넌 저리 가 있어. 큰 닭들한테 당하지 말고……."

녀석이 나를 엄마로 생각하는 걸까? 내 뒤를 졸졸 따라다녔다. 나는 오두막 옆에 세워져 있는 플라스틱 상자를 들고 보이는 대로 무녀리를 상자에 잡아넣었다. 그래도 녀석들은 반항을 할 줄도 모르고 상자 속에 가만히 있었다. 눈에 띄는 대로 주워 모은 무녀리들이 적어도 서른 마리는 되었다. 내가 잠시 쉬려고 상자를 바닥에 놓고 앉아 있는 동안, 갑자기 큰 닭 한 마리가 나타났다.

"저리 가! 안 가?"

나는 지레 겁을 먹고 소리를 쳤다. 그래도 녀석이 버티고 있어서 돌멩이를 집어 들고 던졌다. 녀석은 용케도 피하더니 되레 내게 공격의 자세를 취했다. 나는 벌떡 일어났다. 맨손으로 녀석과 맞붙기에는 왠지 불리하게 느껴졌다. 느티나무 밑에 긴 가지가 널브러져 있는 게 보였다.

나는 재빨리 막대기를 주우러 갔다. 그새 녀석은 풀쩍풀쩍 뛰어서 무녀리들이 있는 상자 속에 쑥 들어가는 게 아닌가. 갑자기 상자 속에서 무녀리들이 아우성을 쳤다. 나는 화들짝 놀라서 뛰어갔다. 큰 닭이 무녀리들을 마구 짓밟으면서 등을 물고 패대기를 치고 있었다.

"야!"

너무 놀란 나머지 나는 생각할 겨를도 없이 큰 닭의 모가지를 잡고 휙 던졌다. 큰 닭도 놀랐는지 날개를 파닥이면서 '꼬꼬꼬꼬꼬.' 울부짖었다. 나는 그제야 다시 나뭇가지를 잡고 다가오지 못하게 허공에 대고 휘둘렀다.

큰 닭은 목을 길게 빼고 몇 번 울더니 아무 일도 없었다는 듯이 딴전을 부리며 돌아다녔다. 나는 얼른 상자를 안고 오두막으로 갔다. 놀란 무녀리들은 계속 울면서 아우성을 치고, 도망치려고 상자 안에서 발버

등을 쳤다. 이러다가 자기들끼리 치여서 죽을 것 같았다.

오두막 앞에 닿아서야 삼촌이 문을 열고 나왔다. 삼촌은 눈이 휘둥 그레졌다.

"웬 소란인가 했더니……. 상자에 한꺼번에 넣으면 어떡하냐! 숨 막혀 죽겠다."

삼촌이 재빨리 상자를 거꾸로 부었다. 땅에 후두두 떨어진 무녀리들이 작은 날개를 파닥이면서 사방으로 흩어졌다. 미처 생각하지 못했던 일이었다. 작고 여린 무녀리들을 한여름에 상자 속에 뒤죽박죽 물건처럼 넣어서 고통스럽게 했던 것이다.

"미안하다! 내가 너무 무식해서……."

나는 아직도 제대로 일어나지 못하고 땅에서 파닥이는 녀석들을 일으켜 세웠다.

"얼른 물 틀어. 시원한 물 덮어쓰고 마시면 기운 차릴 거야."

나는 얼른 물 꼭지를 틀었다. 한여름인데도 지하수는 얼음물처럼 차가워서 무녀리들에게 마구 뿌리기도 조심스러웠다. 내가 머뭇거리자 삼촌이 호스를 빼앗아 무녀리들을 향해 물을 뿌렸다. 나는 작은 통에 물을 받아서 비실비실거리며 제대로 걷지도 못하는 병아리한테 내밀었다. 물 몇 모금에 금세 생기를 찾는 무녀리들이 있었지만, 느릿느릿 금방이라도 쓰러질 것 같은 무녀리도 있었다.

"삼촌, 죽으면 어떡해요? 내가 생각이 부족해서……."

"잘해보려고 하다가 실수한 거야. 근데…… 약한 녀석들한테는 치명적일 수 있으니 앞으로는 조심해야 돼."

나는 그만 기가 죽었다. 내 딴에는 처음으로 부지런을 떨면서 무녀리들을 구해주겠다고 나섰는데. 삼촌이 사료를 뿌려주면서 무녀리들을 모았다.

"구구구구구."

사방에 흩어져 있던 무녀리들이 한 마리씩 모여들었다. 물을 마시고, 모이를 쪼아 먹는 걸 보면서 겨우 마음이 가라앉았다. 그제야 내가 처음 만난 무녀리가 걱정되었다. 수많은 무녀리들 속에서 알아볼 수가 없었다. 그러나 이내 녀석이 내 앞으로 다가와 장화를 쪼며 자기 존재를 알렸다. 나는 특별히 녀석의 이름을 지어주고 싶었다. 무슨 이름이 좋을까? 이왕 지으려면 멋진 이름으로 지어주고 싶었다.

"넌 너무 귀여우니까 귀요미야. 지금부터 네 이름은 귀요미!"

이름을 짓고 나니까 한결 한 생명의 존재로 다가왔다.

"삼촌, 얘 이름이 귀요미예요. 내가 지어줬어요."

"뭐 이름까지 지어주고 그러냐. 알아듣기나 하겠냐?"

"귀요미는 알아요. 내 장화를 쪼면서 아는 척하거든요. 삼촌, 닭들이 같이 섞여 있으니까 무녀리들이 힘센 녀석들한테 치이고 당하고, 모이도 못 먹는데, 무녀리들만 사는 집을 만들어주면 어때요? 너무 불쌍하잖아요."

"그러든지. 언제 시간 나면 같이 만들어보자꾸나."

삼촌은 내 말을 지나가듯이 듣고는 시큰둥하게 대답했다. 왠지 별로 마음 내켜하지 않는 것 같았다. 삼촌은 가축들을 대충 풀어놓고 자기들이 알아서 먹고, 알아서 자고, 알아서 크라는 식이었다. 자연주의자인가?

"얘들아, 내가 집을 지어줄게. 그때까지는 여기서 밥 먹고 자. 다른 데 가지 말고."

무녀리들이 내 말귀를 알아들으면 좋을 것 같았다.

"닭 모이 주러 가는데, 같이 가자."

"싫어요."

"왜? 수탉한테 당하고 나니까 무서워? 그래서 무녀리들을 지켜주겠냐?"

삼촌이 놀리듯이 말했다.

"그래도 싫어요. 지금 지쳤거든요."

삼촌은 내가 얼마나 힘들고 지쳤는지 몰랐다. 나름대로 애썼는데 그걸 몰라주다니⋯⋯. 좀 서운한 마음이 들었다.

"영 싫다면 할 수 없지 뭐."

삼촌이 혼자 닭 축사 쪽으로 올라갔다. 나는 문득 칸이 떠올랐다. 칸과 좀 친해지면 더없이 든든할 것이다.

"삼촌, 칸은 내가 부를게요."

"휘파람 크게 불어라. 넌 아직 휘파람 소리가 작아서 칸이 알아들을지 모르겠구나."

삼촌은 잠시 멈칫거렸다가 다시 언덕길을 올라갔다.

"칸! 칸! 휘이-익 휘이-익."

나는 칸을 부르고 나서 휘파람을 불었다. 비록 삼촌보다 휘파람 소리가 작았지만, 온 힘을 다해 불렀다. 그러자 잠시 후에 칸이 짖는 소리가 들려왔다. 내 휘파람 소리를 듣고 화답하는 걸까? 그리고 얼마 지나지 않아서 뽀얀 먼지가 언덕 위에서 피어오르더니 양들이 모습을 드러냈다. 양들은 잠시도 머물지 않고 언덕 아래를 향해 먼지바람을 일으키면서 달려왔다. 칸은 그 뒤에서 날렵한 몸집으로 컹컹 짖어대면서 양몰이를 했다.

그냥 보기만 해도 참 든든하고 멋진 녀석이다. 새삼 칸이 멋져 보였다. 그런 칸과 친해지고 싶은 마음이 더 커져갔다.

양들은 축사를 향해 속속들이 들어가서 이층으로 올라갔다. 양들이 다 들어가고 난 후에 칸은 문 앞에 얌전히 앉아 있었다. 흙먼지 바람을 먹었으니 목이 탈 것 같았다.

나는 물을 갖다주면서 칸에게 말을 걸었다.

"칸, 아까 고마웠어. 앞으로 잘 지내보자!"

칸은 그런 나를 멀뚱히 보고 있었다. 이제는 왠지 칸이 나를 위협하거나 공격하지 않을 것 같은 마음이 조금 들기도 했지만, 아직 마음을 다 놓을 때는 아니었다. 나는 아직 칸과 그만큼 교감이 되지도 못했지만, 조금씩 가까이 다가가고 싶었다.

나는 삼촌이 내려와 칸에게 저녁밥을 주기 전에 내가 먼저 줘야겠다고 생각했다. 그러면 칸이 한결 나와 교감이 생기고 친해질 수 있지 않을까?

사료를 듬뿍 퍼서 칸에게 주고는 물끄러미 바라보았다. 칸도 나를 물끄러미 보다가 허겁지겁 사료를 먹었다. 양들이 풀을 뜯어 먹고 있는 동안, 양치기 개 칸은 굶으면서 지키고 있었던 것일까?

5. 탈출

농장에 내려온 지 오 일째 되는 저녁이었다.

삼촌이 목욕을 말끔히 하고, 장미 향수도 뿌리고, 흰색과 연두색이 어우러진 줄무늬 셔츠와 짙은 갈색 반바지로 갈아입었다. 햇볕에 그을려 거뭇한 피부와 어울리지 않는 우스꽝스러운 차림새가 마치 피에로를 연상시켰다.

내가 '풋' 하고 웃자 삼촌은 한 술 더 떴다.

"패션의 마무리는 신발이 멋져야 해!"

가죽 샌들을 신발장에서 꺼내 마른 걸레로 먼지를 닦았다. 삼촌의 행동을 쭉 지켜보다가 문을 나설 때에야 나 혼자 집에 남겨진다는 걸 깨달았다.

"어디 가세요?"

"잠깐 읍내 나갔다 올 테니까, 먼저 자."

"헐, 도깨비라도 나오면……."

"도깨비가 얼마나 귀엽고 재미난데. 나 같으면 도깨비 불러서 같이 놀자고 하겠구나! 몇 번 불러봤는데 안 오더라고. 도깨비는 원래 너 같

61

은 청소년들을 좋아해."

"그런 괴짜 같은 말이 어디 있어요? 어릴 적에나 정말 도깨비가 있는 줄 알고 속았지……."

삼촌은 아직도 날 어린애로 아나!

"나 혼자 무섭단 말이에요!"

"뭐가 무서워? 여긴 외져서 한밤중에는 아무도 안 와. 낯선 그림자만 어른거려도 칸이 달려와 지켜줄 거야. 칸을 믿어!"

삼촌은 혼자서 결론을 다 내리고는, 오두막 앞에 피워놓은 모깃불을 바라보았다.

"우리 양순이들도 좀 편하게 자게 마른 쑥 더 올려놓아 줄래? 부탁 좀 하자."

삼촌이 하고 가면 될 일을 굳이 다정한 목소리로 내게 미루었다. 차라리 무뚝뚝한 표정으로 재수 없게 말씀하시지. 삼촌은 쑥 타는 냄새가 좋다고 했지만, 나는 모기나 벌레를 내쫓으려고 어쩔 수 없이 참았다. 그런데 삼촌은 굳이 내게 마른 쑥을 더 올려놓으라며 일을 지시해놓고, 1톤 고물 트럭에 올라 시동을 컸다. 농장의 온갖 허드레 한 것이나 가축 사료, 발효된 분뇨를 거름으로 내다 팔 때 싣고 다니는 트럭이었다. 시동을 걸기만 하면 트럭 전체가 금세 부서지기라도 하듯이 덜덜 파열음을 내면서 떨렸다.

"간다."

삼촌은 창 사이로 손을 번쩍 들고는 핸들을 돌렸다. 트럭을 아랫길로 돌리는 순간, 꽁무니에서 뿜어져 나온 검은 연기와 매캐한 냄새가 내 얼굴을 덮쳤다.

"어휴, 짜증 나! 누굴 호구로 아나."

내 딴에는 투덜거렸지만 모기나 벌레를 내쫓으려면 어쩔 수 없이 쑥을 태워야 했다. 오두막 앞에 널어놓은 마른 쑥을 한 아름 안고서 아직 불씨가 남아 있는 양 축사로 향했다.

축사 앞에서 가만히 엎드려 있던 칸이 벌떡 일어났다.

"칸, 오늘밤에 농장에 누가 오나 잘 지켜야 해!"

칸이 멀뚱히 보고 있었다. 왠지 불안한 생각이 들었다. 이 녀석도 혹시 외출을 하면 어떡하나? 내 말귀를 알아들을 수 있을까?

"칸! 칸! 오늘은 여기 꼭 붙어 있어야 해!"

나는 칸의 눈을 똑바로 보면서 일부러 힘주어 말했다. 그러고는 앉으라고 손으로 땅을 톡톡 쳤다. 칸이 다시 앉아서도 내 눈을 빤히 살피고 있었다. 내 말귀를 알아들었으면 외출을 하지 않을 테지.

농장에 내려와서 나 혼자만의 밤 시간을 갖는 건 처음이었다.

삼촌과 한 집에서 붙어 있는 것도 아직은 불편했지만, 막상 혼자니까 세상이 아득하게 느껴졌다. 독차지한 리모컨으로 채널마다 다 눌러 보았지만, 어떤 프로그램도 심드렁했다.

이때 유리창에 붙어 있는 청개구리 무리를 발견했다. 언제부터 찾아왔을까? 어쩌다 한두 마리 찾아오기도 했지만, 이렇게 무리를 이루어 창에 붙어 있는 건 처음 보았던 것이다.

"청개구리 공격 부대. 빵 빵 빵."

나는 심심하던 차에 손가락으로 총 쏘는 흉내로 장난을 걸었다. 네

발을 활짝 벌리고 배 밑창이 훤히 보이도록 유리창에 붙어 있는 꼴이 우스꽝스러웠다. 미끄러지지 않으려고 벌린 종아리에 힘이 들어갔는지 볼록했다.

사진처럼 달라붙어서 꼼짝도 하지 않는 녀석들을 골려주려고 손가락으로 유리창을 톡톡 쳤다. 갑자기 유리창 사진에 균열이 일어났다. 놀라서 뒤로 뛰어내리는 녀석, 유리에 미끄러져 자취를 감추는 녀석. 그나마 순발력 있게 창틀에 앞다리를 매단 채 안간힘을 쓰며 올라오려고 바둥거렸다. 한참을 지켜보자니 안쓰러운 생각이 들었다.

나는 유리창을 조심스럽게 열어서 녀석을 잡아서 창틀에 올려놓았다. 손에 물컹거리며 닿는 촉감이 징그러워 얼른 손을 치웠다. 주위에 용케도 버티고 있던 청개구리들도 폭탄을 맞은 양 사방으로 튀어서 달아났다.

청개구리와의 놀이도 이쯤에서 흥미를 잃었다. 멍 때리는 순간만큼 짧게 지나갔다.

"누가 시간을 붙들어 매놓았나!"

잠시 미루어두었던 짜증이 두 배로 폭발했다.

"삼촌은 언제 오는 거야!"

나는 오두막이 울릴 정도로 괴성을 질렀다. 정말 귀신이라도 나타날까, 무서운 짐승이 문을 부수고 들어올까 끝 모를 공포가 나를 움츠러들게 했다.

"칸! 칸! 왜 대답 안 해?"

내가 부르는데도 칸이 짖지 않았다. 사위가 조용해지고 어둠이 깊어가니까 마음이 더 불안했다. 혹시 칸이 외출을 한 건 아닐까? 확인이라도 해보고 싶었다. 나는 손전등을 찾아서 문을 열고 축사 앞을 비추었다. 텅 비어 있었다.

"칸! 칸! 어디 있어?"

예감이 맞았다. 칸은 외출했다. 의리도 없이 나 혼자 두고서. 갑자기 칸에 대한 배신감이 들어 한순간만이라도 친해지고 싶었던 마음이 싹 가셨다.

밤이 깊도록 삼촌은 돌아오지 않고, 칸도 보이지 않았다.

수탉의 거창한 울음소리에 잠이 깼다. 어느새 새벽이 밝아왔다.

간밤에 혼자 들끓었던 마음도 수탉의 울음소리 한 방에 다 날아갔다. 언제 까무룩 잠들었을까? 삼촌이 방바닥에 두 팔을 활짝 벌리고 드러누워 술 냄새를 풀풀 풍기면서 코를 골았다.

삼촌의 잠든 얼굴을 보면서 문득, 여기를 떠나고 싶었다. 굳이 내가 이곳에 있어야 할 이유가 없었다. 고민할 겨를도 없이 서둘러 짐을 챙겼다. 짐이래야 단출했다. 책가방에 급하게 쑤셔 넣은 책은 농장에 와서 한 번도 꺼내보지 않았다. 벽에 걸린 반바지 하나와 티셔츠만 가방에 대충 구겨 넣고는 오두막을 나섰다.

나는 누군가에게 뒷덜미를 붙잡힐세라 급하게 농장을 빠져나왔다. 여기저기 흩어져 있는 무녀리들도 동물 농장의 평범한 풍경에 지나지 않고, 칸은 보이지도 않았다.

농장 입구와 길을 이어주는 수로의 다리를 건너자, 어디로 가야 할지 방향을 가늠할 수가 없었다. 아무래도 산등성이 쪽으로 향하는 윗길은 아닌 듯해서 아랫길로 걸었다.

'어디쯤 가면 차를 탈 수 있을까?'

주위에는 사람도, 돌아다니는 개 한 마리도 보이지 않았다. 참새 떼만 불량한 패거리처럼 한꺼번에 우르르 몰려 찔레나무 덤불 사이로, 버드나무 가지 사이로 왔다 갔다 하면서 시끄럽게 재잘거렸다.

앞만 보고 무작정 털레털레 걷다가 흙길 가에 풀썩 주저앉았다. 손등으로 이마며 목덜미에 흐르는 땀을 닦았다. 그 흔해빠진 손수건 한 장도 내겐 없었다. 어떡하든지 버스 정류장을 찾아야 집으로 돌아갈 수 있었다.

나는 마음을 다잡고 일어났다. 다시 길을 걷자니 저 멀리 길가에 트럭 한 대가 서 있었다. 반가운 마음에 발걸음이 더 빨라졌다. 다행히 내 바람을 저버리지 않고, 포도밭 넝쿨 사이에서 어떤 할아버지가 포도를 따고 있었다. 그 옆에 있는 집에는 아주머니 한 사람이 엎드려서 일을 하고 있었다. 막상 가까이 다가갔지만 낯선 사람에게 말을 건네자니 쉽사리 입이 떨어지지 않았다. 그렇다고 마냥 서 있을 수도 없고…….

이상한 낌새를 챘는지 할아버지가 힐끔 보았다. 그러고는 혼잣말로 웅얼거리는데 내 귀에는 들리지 않았다. 내가 엉거주춤 서 있자 할아버지가 오라고 손짓을 했다. 포도밭 사이를 걸어 들어가자, 할아버지가 다시 말을 걸었다.

"뭐…… 나한테 뭐라고 했어?"

할아버지가 더듬거리며 물었다. 그제야 나는 용기를 내어 입을 뗐다.

"버스 정류장이 어디 있어요?"

"내가 귀가 멀어여. 크게 말해야 겨우 들어."

하필이면, 겨우 만난 할아버지가 귀가 먹었다니. 순간 짜증이 나고 막막했다.

"에미야, 여기 와봐여."

할아버지도 답답한지 아주머니를 불렀다.

"왜요?"

"여기 와보라니까. 뭘 묻는 것 같기는 한데…… 도통 알아먹어야지."

아주머니가 일하던 손길을 멈추고 못마땅한지 툴툴거리면서 다가왔다. 나는 얼굴이 화끈 달아올라 도망치고 싶었다. 내가 마치 미운 오리 새끼가 된 기분이 들었다. 집을 나오니까 세상 사람들이 다 나를 홀대하고 챙겨주지 않고 막 대하는 것 같았다.

"버스 타려고 하는데…… 서울 가려고요."

아주머니가 가까이 다가오기 전에 내가 먼저 물었다.

"이쪽으로 쭉 내려가면 정류장 나와. 서울은 몰라."

아주머니 대답은 간단했다. 더는 상대하기 싫은지, 아니면 힘이 드는지 이마를 찡그리면서 돌아섰다. 그 순간, 삼촌이 말한 농장과 가장 가까운 집이 여긴가? 친하게 지낸다면 여기서 들통이 날지도 몰랐다. 나는 서둘러 포도나무 밭을 떠났다.

새삼 나를 무작정 삼촌 농장에 보낸 엄마와 아빠가 더없이 야속하게 느껴졌다. 원망스러운 마음과 분노를 입안에 삼키고는 아주머니가 손가락으로 가리킨 길을 따라서 재빨리 걸었다. 일 초라도 빨리 나를 마뜩잖게 여기는 아주머니한테서 벗어나고 싶었다. 그러나 '버스 정류장'이라고 쓰인 팻말을 보고는 그 감정이 싹 사라졌다. 작은 유리 박스로 된 정류장은 긴 의자가 놓여 있었다.

"어휴, 살았다!"

평소보다 훨씬 무겁게 느껴지는 책가방과 여행용 가방을 의자에 아무렇게나 내려놓았다. 벌써 더운물을 뒤집어쓴 듯이 온몸에 땀이 흘러내렸다. 넋 놓고 앉아 있자니 지루하기 그지없었다. 도대체 버스는 언제 오는 걸까? 버스도 사람도 보이지 않았다. 주위를 둘러보아도 버스 정류장 가까운 곳에는 집이 없고, 포도나무 밭과 콩밭 너머에 집들이 드문드문 있었다.

한동안 버스를 기다리는데, 단발머리 소녀가 걸어오고 있었다. 얼핏 보아도 내 또래의 여학생이었다. 소녀가 다가와 나와 좀 떨어진 채 의자에 앉아 다리를 꼬았다. 나는 흘깃 보다가 그만 눈이 마주쳤다. 얼른 고개를 돌리는데, 나를 빤히 보는 것 같아 당돌하게 느껴졌다.

서울로 가려면 몇 번 버스를 타야 하는지, 물어볼까 말까 망설여졌다. 차를 잘못 타고 엉뚱한 곳으로 갈 수도 있고, 주위에는 아무도 없으니 이 소녀마저 가버리면 정말 막막할 노릇이다. 망설임 끝에 겨우 입을 뗐다.

"저기…… 서울로 가려면…… 몇 번 버스를 타야 해요?"

나는 용기를 내어 더듬거리며 물었다.

"서울? 여긴 마을버스만 다니는데……."

소녀는 말끝을 흐리면서 나를 힐끔 쳐다보았다.

"몇 번 타야 해요?"

"한 대밖에 안 다니는데……."

말꼬리가 짧았다. 이에 톱니를 달았나. 도톰한 입술에 분홍빛 립스틱을 짙게 칠한 여자아이가 거북하게 느껴졌다. 마치 무시하듯 툭툭 내뱉는 말투에 더는 물어보고 싶지 않았다. 유독 볼에 오종종 박혀 있는 좁쌀 크기의 까만 주근깨가 내 눈에 확 들어왔다.

'네가 언제 날 봤다고 반말이야!'

나는 마음속으로 소심하게 앙갚음을 했다.

기다림 끝에 노란 마을버스가 앞에서 멈추었다. 주근깨 소녀가 잽싸게 올라가고, 나는 가방 두 개를 들고 뒤따라 올라갔다.

오랜만에 책가방 보조 주머니에서 교통 카드를 꺼냈다.

"이걸로 계산할 수 있어요?"

모든 게 낯설고 어색해서 괜히 좀스러워졌다.

"계산기에 찍어."

할아버지 버스 기사가 빙그레 웃으며 말했다. 나는 교통 카드를 찍고 맨 뒷좌석에 앉았다. 승객이라고는 주근깨 소녀와 나 둘뿐이었다. 누가 뭐라고 시비를 걸지도 않는데 괜히 나 혼자 불편했다. 이제 기사 할아버지한테 집으로 가는 길을 물어봐야 할 판이다.

"서울 가려면 어디서 갈아타야 해요?"

"서울? 버스 종점에 내려서 물어봐야지. 여기서 내가 어떻게 설명해."

운전에 방해되는지 조금은 귀찮아하는 말투였다. 나 역시 낯선 누군가에게 자꾸 길을 물어봐야 한다는 게 짜증이 났다.

버스는 한동안 달리면서 중간에 사람을 태웠다. 주근깨와 나를 빼면 모두 할머니, 할아버지들뿐이었다. 그러니 말을 걸어볼 엄두도 나지 않았다. 아까 포도밭에서 만난 할아버지처럼 귀가 먹었다고 큰 소리로 말하면 창피를 더 당할 것 같았다.

정류장에 멈춰 섰다. 노인들이 다 내리고 주근깨 소녀가 내리면서 나를 힐끔 돌아다보았다.

"다 왔어. 여기가 종점이야."

기사 할아버지가 내게 한마디 던지고는 운전석에서 내렸다.

나 혼자 덜렁, 내팽개쳐진 빈 깡통 같았다. 차에서 내리자 작은 종점은 노란색 마을버스가 세 대 서 있었다. 낯선 사람에게 길을 묻느니 차라리 기사 할아버지한테 다시 묻는 편이 나을 것 같았다. 때마침 기사 할아버지가 대걸레를 들고 버스에 올라탔다.

"서울로 가는 버스 타는 곳 좀……."

나는 기어들어가는 목소리를 겨우 가다듬었다.

"아 참, 아까 서울 가는 길 물었지? 내가 시외버스 타는 데 가르쳐줄 테니까 찾아가서 기다려봐라."

기사 할아버지는 물에 젖은 대걸레를 버스에 올려놓고는 친절하게 설명해주었다. 길을 따라 나가서 차도를 건너고, 또 약국 방향으로 쭉, 그 길로 곧장 쭉, 쭉 올라가다가 보면 '시외버스'라고 쓰인 푯말이 나온다는 거였다. 그 옆에는 전봇대도 서 있다는 설명까지.

친절한 설명에 고마움을 담아서 꾸벅 인사를 하고, 도망치듯 종종걸음을 쳤다. 이젠 두 번 다시 낯선 사람에게 내 집으로 돌아가는 길을 묻지 않아도 되었다.

내 집을 찾아가는데 낯선 사람에게 길을 물어야 하다니. 생각할수록 어이가 없었다.

"정말 어이가 없네……."

나는 영화 〈베테랑〉에서 유아인이 혼잣말로 중얼거렸던 대사를 흉내 냈다.

기사 할아버지가 일러준 대로, 길을 따라 버스 종점을 나가서 차도를 건너고, 약국 방향으로 쭉 가다가 보니까, 전봇대가 길을 따라 쭉 늘어서 있었다. 어느 전봇대지? 전봇대만 보면 시외버스 정류장이 나올 거라고 믿었는데. 무엇보다도 '쭉'이 어느 정도 거리인지 대충으로도 가늠할 수가 없었다. 몇 미터 거리, 몇 분 거리라고 숫자로 명확하게 얘기해주면 확실할 텐데.

그래도 이젠 내 힘으로 찾아가고 싶었다. 더는 바보가 되기 싫다. 길을 따라 쭉, 전봇대 길을 따라 쭉, 찻길과 작은 상점들 사이 길을 쭉 걸어가다 보니까 시외버스라고 쓰인 푯말이 나왔다. 그 옆에는 온갖 허접한 광고 종이를 덕지덕지 붙인 전봇대도 서 있었다.

그제야 다리가 풀리고 배도 고프고, 온몸에 기운이 쑥 빠졌다.

'왜 안 오지? 여기가 맞나?'

의심이 들었다. 기다려도 버스는 나타나지 않았다. 정류장인데도 버스를 기다리는 사람이 나밖에 없는 것도 왠지 불안했다. 기다리는 시간이 길어질수록 다리도 후들후들 떨리고, 눈꺼풀이 검은 덮개처럼 자꾸 내려앉았다. 나도 모르게 기대어서 쪼그려 앉았다. 안간힘을 쓰면서 버티려고 했지만, 어느새 고개를 끄덕이며 졸았다.

"헐! 이 오빠가……."

순간, 정신이 번쩍 들어 일어났다. 아까 만났던 주근깨가 눈앞에 떡 버티고 있었다.

"서울로 가는 버스…… 아까 지나가던데……."

여전히 말꼬리가 짧았다. 하지만 버스가 지나갔다는 말에 가슴이 철렁했다.

"언제 또 오는데요?"

"적어도 세 시간은 기다려야 될 건데. 큰일 났네!"

일이 꼬여도 된통 꼬였다. 주근깨가 캔 음료수를 내밀었다.

"여기 계속 서 있어도 세 시간은 기다려야 하는데…… 이거 시원해요."

웬일로 존댓말을! 내가 가만히 있자, 내 손에 쥐어주었다.

주근깨가 총총히 사라지는 걸 보고는 찬 이온 음료수를 벌컥벌컥 들이켰다. 살 것 같아! 사막 같이 뜨거운 거리에서 얼음처럼 찬 음료수라니. 새삼 고마운 마음이 들었다. 여태껏 반말한 것도 잊어버릴 만큼.

음료수를 단숨에 마시고 나서야 선택의 기로에 놓였다는 걸 깨달았다. 마냥 기다려야 할지, 삼촌한테 돌아가야 할지. 내 호주머니에는 돈도 없다. 길을 찾아갈 자신감도 점점 사라져가고, 엄마 아빠 핸드폰 번호가 정확히 떠오르지 않았다. 내가 먼저 전화를 걸 일도 없고, 굳이 기억할 필요도 없었다. 엄마가 실시간으로 문자질을 하는 핸드폰 번호도 아예 피하고 싶었다.

나는 그만 눈물이 핑그르르 돌았다. 당장 내 능력으로 이 상황을 감당해낼 수가 없었다. 세 시간을 어떻게 거리에서 막연히 기다려야 하는지. 주저앉고 싶었다. 한동안 시간이 흘렀다. 경적이 짧게 두 번 울리는 소리에 귀가 번쩍 뜨였다.

"농장 조카!"

고개를 드는 순간, 어떤 아저씨가 창밖으로 얼굴을 내밀면서 말을 걸었다. 나는 아저씨보다 1톤 트럭 조수석에 앉아서 배시시 웃고 있는 주근깨한테 눈길이 갔다.

"농장에 데려다줄까?"

내가 농장 조카인 줄은 어떻게 알았을까? 오늘 처음 만난 사람들인데…….

"농장으로 돌아가고 싶으면 타."

나는 망설일 겨를도 없이 고개를 끄덕였다. 더는 버틸 자신이 없었다. 내 옹골찬 도전이 여기서 꺾이고 말았다.

"남학생이 우리 이쁜이랑 붙어 있으면 안 되니까 트럭 뒤에 타. 괜찮을 거야."

허드레 한 것들이 즐비해 있는 짐칸에 올라탔다. 빈 박스와 노란 플라스틱 상자와 밧줄이 뒤엉켜 있었다. 나도 그 허드레 한 것 중에 하나가 되었다. 트럭이 포장도로를 지나서 흙길을 달릴 때는, 내 몸도 빈 상자와 함께 이리 뒹굴 저리 뒹굴었다. 내가 짐짝이 된 기분이 들어 비참한 생각이 들었다. 이제 삼촌의 농장으로 돌아가고 싶은 마음뿐이다. 그래야 이 고난이 끝날 것 같았다. 한참을 달리던 트럭은 포도나무밭을 지나서 낯익은 길로 들어서더니 농장 앞에서 멈춰 섰다.

나는 트럭에서 뛰어내려 고개를 까딱이며 고마움을 표현했다.

"심심하면 우리 집에도 놀러 와."

아저씨가 싱긋 웃으면서 말을 건넸다. 내가 가만히 서 있자 주근깨가 창밖으로 손을 내밀고는 흔들었다.

차가 먼지를 풀풀 일으키면서 떠나고 나서야 농장 안으로 발길을 돌렸다. 막상 농장을 보니까 반가웠지만, 삼촌한테 뭐라고 말해야 할지 답이 없었다. 그렇다고 마냥 버티고 있을 수도 없고.

농장으로 들어가니까 닭들은 사방으로 흩어져 있고, 삼촌도 늑장을 부렸는지 이제야 분주하게 걸어 다니면서 여기저기에 사료를 아무렇게나 뿌렸다.

나는 아무 말도 못하고 멀찌감치 서서 삼촌의 눈치를 살폈다. 가방을 양손에 들고 있으니 집을 나간 게 당장 티가 났을 텐데 삼촌은 따져 묻지도 않았다.

"배고프지? 얼른 들어가라…… 밥 차려줄게."

아무렇지도 않게, 마치 가벼운 산책을 나간 것처럼 내 가출을 덮어주었다. 그러니까 더 미안하고 쪽팔렸다. 처음 온 날부터 탈출하고 싶었던 이 농장을 내 발로 다시 찾아오다니.

나는 가방을 오두막에 놓아두고 문 앞에 쪼그려 앉았다. 귀요미가 나를 알고 쪼르르 달려왔다. 아침에 나갈 때만 해도 내 속상한 마음에 거들떠도 안 봤는데, 귀요미는 반가워 달려왔다.

"귀욤아, 미안해! 내가 잠시 널 잊었구나."

귀요미를 손으로 감싸 안았다.

"준서야, 칸한테 시원한 물 좀 갖다주고 올래?"

칸이 돌아온 모양이다. 새삼 어젯밤에 녀석이 어디에 갔는지 궁금했지만 물어볼 수도 없었다. 이럴 때는 서로 말이 통하면 직접 물어보면 될 텐데.

나는 주전자에 시원한 물을 받아서 언덕 위 숲속으로 올라갔다. 양떼도 칸도 나무 그늘을 찾아서 조용히 쉬고 있었다. 내가 올라가자 칸이 벌떡 일어나 달려왔다.

"야! 너 왜 어젯밤에 나만 두고 도망친 거야, 응? 내가 혼자서 얼마나 무서웠는 줄 알아? 배신자! 의리도 없는 놈!"

나는 칸을 보며 내 마음속의 불만을 터뜨렸다. 칸이 잠시 멈칫거리면서 나를 올려다보았다. 내가 화났다는 걸 알고 있을 것이다. 그런데도 녀석은 꼬리를 살랑살랑 흔들면서 내 주위를 뱅뱅 돌았다. 그런다고 당장 마음을 풀고 싶은 생각은 없었다.

나는 삼촌이 내린 임무를 하기 위해서 칸의 물그릇에 시원한 물을 따라주었다. 그러고는 칸과 눈도 마주치지 않고 오두막으로 돌아왔다.

"멍 멍 멍."

칸이 저 홀로 짖어댔다.

6. 농장의 푸른 새벽

푸른 기운이 감도는 새벽이었다.

오늘 새벽은, 농장에 와서 날마다 맞이했던 그 새벽이 아니었다. 어제 지치고, 서럽고, 나 자신이 바보 같고, 무엇보다도 스스로에게 실망스러웠던 일이 새삼 떠올랐다. 혼자서는 집도 찾아가지 못하다니…… . 걸어서라도 찾아갈 수 있는 용기가 내겐 없었다.

어제 초저녁부터 곯아떨어진 탓에 삼촌보다 더 일찍 눈을 떴다. 가만히 누워 있기도 심심해서 밖으로 나왔다. 축사 앞에 앉아 있던 칸이 꼬리를 흔들면서 다가왔다. 그러고는 무릎을 꿇고 앉아서 내 다리에 얼굴을 비볐다. 녀석이 먼저 정겹게 대해주니까 내 마음이 조금은 풀렸다.

"네가 이렇게 나온다면 앞으로 친하게 지낼 수 있지."

악수를 청하듯 손을 내밀었다. 칸이 내 말을 알아들었는지 한 발을 척 들더니 나와 악수를 하는 게 아닌가. 개가 아니라 마치 잘 통하는 친구처럼 느껴졌다.

"칸, 이제 나 배신하지 마!"

칸의 다리를 잡은 손을 흔들었다. 칸과 친구가 된 보답으로 사료를 내주었다. 칸은 나를 힐끔 보더니 사료에 코를 박고 먹었다. 배가 고팠던 모양이다. 내가 그 고통을 알지. 바로 어제 내가 겪었던 일인데. 어찌나 배가 고프고 힘들던지 쓰러질 것 같았다. 길거리에서 쓰러질 수 없어 겨우 버텼다.

칸이 밥그릇 비우기를 기다렸다가, 일단 삼촌처럼 손가락 두 개를 입에 넣고 휘파람을 불었다. 마음먹은 만큼 휘파람 소리가 나지 않았다. 그래도 몇 번 연습을 하고 나니까 '휘릭 휘리릭' 소리가 나왔다.

칸이 나를 힐끔 쳐다보더니 축사를 향해 짖어댔다. 양 떼가 밖으로 우르르 몰려나왔다. 칸이 양 떼를 몰고 언덕 위로 줄지어 올라갔다. 양들한테서 퀴퀴한 냄새가 나고 털이 지저분하고 누렇게 들러붙었지만, 멀리서 보는 그 모습은 영락없이 초원의 평화롭고 여유로운 풍경이었다.

수탉들은 벌써 '꼬끼오 꼬끼오.' 목청껏 새벽을 깨우는데, 무녀리들은 어디에 처박혀 있는지 보이지도 않았다. 귀요미도 내게 오지 않아서 오두막으로 도로 들어갔다.

삼촌도 일어나 물을 마시고 있었다. 물컵을 내려놓은 삼촌은 다시 침대에 벌렁 드러누우며 혼잣말로 중얼거렸다.

"축사 청소해야 되는데……. 벌써 해줬어야 되는데…… 날이 덥고 힘드니까 자꾸 미루네. 저러다가 전염병이라도 돌까 봐 걱정이야!"

나는 못 들은 척했다. 그러나 냄새 나고 지저분한 축사가 저절로 떠올랐다. 축사에 들어가서 청소하다가 숨도 못 쉬고 쓰러질 수도 있었다.

"준서야, 삼촌 좀 도와줄래?"

내가 대꾸도 하지 않으니까 삼촌이 콕 집어서 압박을 했다.

"언제 할 거예요?"

"해가 뜨면 덥고 냄새도 더 심하니까…… 지금 얼른 해치우자."

삼촌이 기회를 놓칠세라 서둘렀다. 아무래도 미룰 기세가 아니었다.

"냄새가 심하니까 마스크랑 장갑 챙기고, 장화 신고 따라오너라."

삼촌은 틈도 주지 않고 밀어붙였다. 그러고는 서둘러 나갔다.

"아이고, 내 신세야! 새 됐다!"

나는 혼잣말로 불평을 늘어놓았다. 어쩌다가 이 지경까지 왔는지……. 수습이 되지 않았다.

"너는 빗자루로 이층을 쓸어라. 내가 아래층에서 분뇨를 퍼낼 테니까."

그나마 좀 쉬운 일은 내게 시켰다. 마스크를 하고 장갑을 끼고, 장화를 신고, 완전 무장을 하고 나서야 빗자루를 들고 이층으로 올라갔다. 이층은 나무로 엮어서 빗자루로 쓸면 아래로 분뇨가 떨어지게 만들어 놓았다. 똥 무더기가 눈에 보이는 게 속에서 울컥했다. 숨도 제대로 쉬지 못하고, 서둘러 빗자루질을 했다. 그러는 동안 아래층에서 삼촌이 삽으로 쌓인 똥을 긁어서 수레에 퍼 담아 밖으로 날랐다.

내 일은 금세 끝났지만, 삼촌이 똥을 퍼 담아서 밖으로 나르는 일은 한 시간쯤 걸렸다.

"다 쓸었으면 나가서 쉬어. 똥을 다 퍼내고 호스 물로 세게 뿌리면 깨끗해져."

삼촌은 내가 비위 상해하자 더는 시키지 않고, 혼자서 호스 물로 지저분한 축사까지 씻어냈다. 축사에 쌓인 냄새며 남은 찌꺼기까지 말끔히 쓸려 내려갔다.

양 축사 청소가 끝나자마자 삼촌은 닭 축사로 향했다.

"좀 쉬었다 하면 안 돼요? 닭 축사는 넓잖아요?"

"걱정 마라. 닭똥만 쓸어내면 아랫집에서 거름 가지러 와서 도와줄 거야. 쓸기만 하고 왕겨를 듬뿍 뿌려놓으면 돼."

삼촌이 어딘가로 전화를 걸었다. 그러고는 흠뻑 젖은 머리와 얼굴을 호스 물로 씻어냈다. 나도 따라서 했지만 삼촌이 옆구리에 차고 있는 수건은 찜찜해서 닦지 않았다. 도저히 그대로는 닭 축사로 올라가지 못할 것 같았다.

오두막으로 들어와 대충 머리를 감고 세수를 다시 했다. 냉장고에서 주스 한 잔을 따라 마시는데 삼촌이 재촉했다.

"해 뜨기 전에 해치워야지······."

"······."

"너무 힘들면 넌 쉬어라. 나 혼자서 할게."

내가 대답하지 않자 삼촌 목소리는 더 이상 들려오지 않았다. 아무리 하기 싫은 일이지만 삼촌 혼자 하겠다고 가는데 모른 척할 수도 없었다. 괜히 혼자서 안절부절못하느니 차라리 내친김에 삼촌을 도와주는 게 마음 편할 것 같았다.

닭 축사로 올라가자 축사 앞이 난리가 난 것처럼 소란스러웠다. 축사 안에 있던 닭들이 모두 쫓겨나서 그 앞에 머무르고 있는 녀석들이 많았다. 삼촌은 사료를 줄 생각도 하지 않고 청소에만 매달렸다.

내가 들어가자 삼촌이 삽으로 왕겨와 섞인 닭똥을 수레에 퍼 담고 있었다.

"똥을 쓸기만 하면 된다면서요?"

"말이 그렇지, 이걸 어떻게 빗자루로 쓸어? 삽으로 퍼 담아야지."

삼촌이 내게 거짓말을 해놓고는 아무렇지도 않게 변명을 했다. 나는 창고에 들어가 삽 한 자루를 꺼내왔다.

"에고, 힘든데 삼촌 도우러 온 거야?"

"내가 혼자 놀면 마음이 편하겠어요. 차라리 돕는 게 더 낫지……."

삼촌의 너털웃음 소리가 귓전을 때렸다. 나는 몇 삽 퍼내지도 못하고 땀이 송골송골 맺혀서 비처럼 흘러내렸다. 삽질이 보기보다 어렵고 힘들었다. 밖에서 차 소리가 나고 경적 소리가 울렸다.

"누가 왔나 봐요?"

"아랫집에서 거름 가지러 왔을 거야."

잠시 후에 웬 아저씨가 들어왔다. 아저씨 얼굴을 보는 순간, 낯익은 얼굴이었다. 어제 나를 농장까지 태워다준 아저씨였다.

"아이고, 서울 조카가 어떻게 이런 일을 한다고? 내가 할 테니 넌 나가서 놀아라."

아저씨는 큰 인심을 쓰듯이 축사로 들어오자마자 내 삽을 빼앗았다. 그런데 그 뒤로 또 누군가가 불쑥 얼굴을 디밀었다.

"어, 저게 누구야?"

그 주근깨 소녀였다. 아버지를 따라온 모양이다. 하필이면 축사 청소를 하느라 내 꼴이 엉망진창일 때 올 게 뭐람. 나는 모른 척 고개를 돌렸다.

"아저씨, 안녕하세요? 아빠 따라 놀러 왔어요."

"슬기 왔구나! 잘 왔어. 저기 있는 녀석이 내 조카 준서야. 우리 준서 친구도 없이 시골살이 심심할 텐데 자주 와서 말동무라도 해주렴. 둘이 인사해라."

주근깨 이름이 슬기였다. 슬기는 나와 눈이 마주치자 생긋 웃었다. 나는 갑자기 어제 내가 한 짓이 떠올라 얼굴이 화끈거렸다. 내 흑역사를 알고 있는 게 부끄럽고 창피했다.

"어제 만났어요. 서울 집으로 가는 버스를 묻는데, 시외버스 타는 데서 졸고 있더라고요."

"길에서 자? 왜?"

삼촌이 놀라서 삽질을 멈추고 물었다.

"몰라요. 졸다가 차를 놓쳤나 봐요. 아빠가 트럭 짐칸에 태워서 농장 앞까지 데려다줬어요."

슬기라는 아이는 나를 옆에 두고 눈 하나 깜짝하지 않고, 천연덕스럽게 미주알고주알 고자질했다.

"하하, 그랬구나! 슬기 너보다 한 학년 위니까 오빠야."

삼촌은 무엇이 재미있는지 큰 소리로 웃었다. 잠깐 졸았을 뿐인데 어리어리한 사람으로 나를 몰아갔다. 나는 얼굴이 새빨갛게 달아올라서 순간적으로 슬기를 쎄려보았다. 슬기는 하얀 이를 드러내놓고 웃다가 나와 눈이 마주치자, 손으로 입을 가렸다. 그런다고 자신이 고자질한 게 없어지기라도 하나. 하필이면 이 동네에서 처음 만난 사람이 저렇게 입이 싼 여자애라니. 삼촌은 다시 청소하느라 손놀림이 바빴다. 그러자 슬기 얼굴도 보이지 않았다.

'웃기는 애야! 고자질하러 일부러 온 거 아냐?'

생각할수록 짜증이 났다. 나는 삼촌이 수레를 끌고 밖으로 나간 사이에 삽을 들고 똥을 한 군데 긁어모았다. 괜히 열 받으니까 어디서 힘이 나는지 마구 삽질을 했다. 그러나 얼마 안 가 허리며 어깨가 아팠다. 삼촌은 세상에 하고많은 직업 중에 왜 이런 힘든 일을 하는지 이해할 수 없었다. 아빠처럼 회사에 다니면 가축들 똥 치우는 일은 안 할 텐데.

잠시 후에 삼촌이 빈 수레를 가지고 돌아왔다. 그러자 이번엔 슬기 아빠가 수레를 끌고 밖으로 나갔다.

"넌 귀여운 이웃집 여학생이 놀러 왔으면 좀 살갑게 대해주지."

"걔가 귀여워요?"

"슬기가 얼마나 귀엽고 착한 아인데. 이 동네에 사는 유일한 여학생이야. 대부분 노인들만 사는 시골에 학생이 있다는 것만으로도 생기가 넘쳐서 좋아."

"됐거든요."

그건 삼촌 생각이지 나와는 상관없었다. 슬기 아빠가 큰 자루를 수레에 싣고 들어왔다.

"조카가 왕겨 뿌리는 거 좀 도와주면 빨리 일이 끝날 텐데……."

닭 축사는 물청소를 하는 대신에 왕겨를 뿌려놓으면 되었다. 그러면 냄새도 나지 않고, 왕겨와 똥이 섞여서 거름이 된다는 것이다. 왕겨는 가벼워서 뿌리는 데 별로 힘들지는 않았다. 삼촌과 슬기 아빠까지 합세해서 일하는데 그냥 나가려니 뒤통수가 근질거렸다. 그래서 슬기 아빠가 갖다주는 대로 왕겨를 바가지로 퍼서 뿌리고 다녔다. 삼촌보다도 슬기 아빠가 훨씬 일을 빨리하고, 힘차게 했다. 오랜 경험이 몸에 배인 전문가의 자세였다.

축사에서 거둬들인 거름은 슬기 아빠가 차로 포도밭에 갖다 놓았다. 일이 거의 마무리가 될 즈음에 나는 주저앉고 싶었다.

"준서야, 고생했다. 들어가서 목욕하고 좀 쉬어라."

내가 힘들어하는 걸 알아차린 삼촌이 말했다. 나는 대꾸할 힘도 없어 축사를 나왔다.

오두막으로 들어오자마자 옷을 훌렁 벗고 목욕을 했다. 몸속까지 구린 냄새가 배어 있는 것 같아서 비누로 씻고 또 씻었다. 목욕을 끝내고 나자 몸이 욱신거리고 아팠다. 손가락 하나 까딱할 수 없을 정도로 피곤했다. 나는 그대로 바닥에 드러누워 시체 놀이를 하는 것처럼 널브러져 있었다.

갑자기 문이 벌컥 열리면서 슬기가 얼굴을 디밀었다. 팬티 하나만 달랑 입은 채 반쯤 벗고 있는데…… 나는 벗은 몸을 보여준 게 너무 창피하고 화가 났다.

"문 닫아! 빨리!"

슬기가 놀라며 문을 닫았다. 혼자서 씩씩거리며 도로 벌렁 드러누워 있는데, 또 문이 활짝 열렸다. 낯선 할머니가 얼굴을 쑥 내미는 게 아닌가.

"어, 누구세요?"

나는 질문과 동시에 손으로 반나체인 몸을 가렸다. 그런데도 문을 닫지 않고 빙긋 웃으면서 나를 보고 있었다.

"아이고, 조카가 와 있다고 하더니만……. 아유, 오늘 축사 치운다고 욕봤지?"

처음 보는 할머니가 엄청 다정스럽게 묻는데, 나는 불편하기 짝이 없었다. 지금 내게 급한 일은 할머니가 나가주는 거였다.

"저 옷 벗고 있으니까 문 닫아주세요!"

나는 짜증이 나서 목소리를 높였다.

"어때, 할미가 보는데."

"문 닫아주세요!"

"아이고, 고 녀석 참 성깔 있네. 알았어여."

그제야 할머니가 문을 닫았다. 도무지 이 작은 집에서도 내 마음대로 누워 있을 수도 없다니. 나는 또 누군가의 침입이 두려워 얼른 바지를 입었다. 그리고 다시 누워 있는데 이번엔 누가 노크를 했다.

"누구세요?"

"나 슬기. 잠깐만 나오지."

쟤는 왜 또 찾아온 거야. 나는 짜증이 일었지만 옷을 주섬주섬 입고 문을 열어주었다.

"우리 할머니가 집에 같이 가자네."

"내가 왜?"

"공짜로 귀한 거름 얻어간다고 수박이랑 참외 가져가라고."

"그게 뭐!"

"아저씨가 오빠한테 같이 가자고 얘기하래."

참 웃기는 여자애였다. 언제부터 알고 지냈다고 꼬박꼬박 오빠래. 여전히 말꼬리는 뚝 잘라먹으면서.

"싫거든."

나는 톡 쏘아붙이듯이 내 뜻을 분명히 전했다. 수박이나 참외를 좋아하지만 지금은 따라가고 싶은 마음이 조금도 없었다. 그러나 뒤이어 삼촌이 들어와 내 거절을 무색하게 만들어버렸다.

"준서야, 슬기 따라가서 맛있는 거 많이 얻어와라."

"삼촌 텃밭에도 많이 있잖아요."

나는 슬기를 따라가지 않으려고 핑곗거리를 찾았다.

"어느 놈이 다 뜯어 먹었는지 줄기만 남았어."

"누가요?"

"모르지. 산속에 온갖 짐승들이 살고 있으니…… 범인을 찾을 수가 없어. 고라니가 자주 훔쳐 먹긴 하지만."

나는 어쩔 수 없이 거북한 동행에 나섰다. 삼촌이 원망스러워 툴툴거렸지만 대세를 따를 수밖에 없었다.

"얼른 가요."

슬기가 덩달아 부추겼다. 좀 전에 반말을 하다가 삼촌이 나타나니까 또 존댓말이네. 그렇다고 대놓고 따질 수도 없는 노릇이고. 교묘하게 사람 놀리는 재주를 부렸다.

나는 마지못해 슬기 뒤를 쭐레쭐레 따라갔다. 앞서가는 슬기 할머니는 낡고 빛바랜 유모차를 밀면서 느릿느릿 걸었다. 유독 허리가 반쯤 꺾어진 꼬부랑 할머니였다. 보는 내가 다 불편했다.

슬기가 앞으로 뛰어가서 할머니가 미는 유모차 손잡이를 잡고 함께 걸었다. 어찌나 천천히 걷는지 일부러 느리게 걷던 내 걸음이 어느새 따라붙었다.

할머니가 뒤돌아보며 물었다.

"시골에 와서 사니까 어때?"

"예?"

"많이 불편하지. 우리 서울 사는 손자들도 오면 코를 싸매 쥐고 냄새 난다고 난리야. 지 할미 할애비한테도 냄새 난다고 한 번 안아보려고 해도 뿌리쳐."

내가 아무런 대꾸도 하지 않자, 할머니는 계속 캐물었다.

"저번에 집 나갔다 돌아왔다더니만…… 그래도 용케 버티네. 살기 괜찮아?"

"방학 때만 있을 거거든요."

나는 서둘러 대답했다. 듣고 있기도 불편했지만, 모른 척할 수도 없었다.

"할머니, 자꾸 묻지 마. 누가 묻는 거 싫어하잖아."

슬기가 끼어들어 눈치 없는 할머니를 말렸다.

"싫기는 뭐가 싫어! 내가 다 걱정이 되니까 물어본 거지."

"할머니는 걱정하는 게 취미 생활인가 봐. 오빠, 신경 쓰지 마. 우리 할머니는 자나 깨나 늘 걱정만 하고 살거든."

"뗵! 할미한테 못하는 소리가 없네."

할머니가 슬기 손을 뿌리치면서 소리를 꽥 질렀다. 그래도 슬기는 아랑곳하지 않고 무엇이 재미난지 혼자서 까르르 웃어댔다. 슬기 집은 내가 집을 나가 맨 처음 찾아간 포도나무 집이었다. 할머니 걸음걸이가 느려서 꽤 시간이 걸렸다.

슬기네 집은 포도밭과 붙어 있는 허름한 시골 농가로 보였는데, 겉보기와는 달리 안은 꽤 넓은 집이었다. 넓은 텃밭 가에는 나무와 파이프로 엮은 줄을 따라 토마토와 오이, 호박이 주렁주렁 탐스럽게 매달려 있었다. 삼촌 텃밭과는 차원이 달랐다.

"슬기야, 저기 큰 바구니 가져와라."

할머니는 토마토랑 참외를 따서 바구니에 차곡차곡 담았다. 슬기도 손길을 보탰다. 나는 엉거주춤 서서 지켜보기만 했다. 할머니가 유모차를 밀고 포도나무 밭 뒤로 가더니 내 머리통 두 배나 큰 수박을 담아서 밀고 왔다. 할머니는 참외 하나를 내게 내밀었다.

"먹어봐라. 아주 달아."

나는 얼떨결에 받았지만 먹고 싶은 생각은 없었다.

"집에 가서 먹을래요."

"그래라. 농약을 안 쳐서 껍질째 먹어도 괜찮아. 도시 사람들은 과일을 사면 껍질을 몽땅 칼로 깎아내고 먹는데, 정말 맛있고 영양가가 풍부한 건 껍질에 다 있지."

큰 바구니가 가득 찼다.

"무거워서 들고 가겠냐? 우리 아들 오면 거름 나르는 차에 실어주라고 할까?"

삼촌과 나랑 둘이 먹을 건데 왜 이렇게 많이 담았는지.

"할머니, 방금 거름 실어다 나른다고 냄새 나잖아. 할머니 유모차에 담아서 밀고 가면 돼. 내가 유모차 다시 갖고 올게."

이건 또 무슨 상황이람. 할머니가 밀고 다니는 유모차에 바구니를 담아서 간다고. 내가 유모차에 과일 바구니를 담아서 끌고 간다는 게 왠지 쪽팔렸다. 그렇다고 무거운 걸 들고 갈 수도 없었다.

막상 유모차를 밀고 밭을 나가려니까 마음대로 움직여주지 않았다. 바구니가 이리저리 흔들리면서 바퀴가 제멋대로 굴러가는 게 아닌가. 진땀이 났다. 까르르 웃음을 터뜨리는 소리가 귓속을 파고들었다. 내 꼴을 할머니와 슬기가 지켜보고 있었던 것이다.

"내가 끌어다주는 게 낫겠어."

슬기가 뛰어와서 손잡이를 잡았다. 나는 은근 슬쩍 손잡이를 놓고 옆으로 물러섰다.

"요즘 젊은 애들은 힘쓰는 일을 못해. 농사짓는 게 힘이 들지만, 힘만으로도 안 되지. 무거운 물건을 수레에 끌고 다니는 것도 요령이 있어야 해."

할머니가 내 행동을 놓치지 않고 또 한 소리 했다. 슬기가 유모차를 밀고, 나는 그 뒤를 따라서 걸었다. 마음이 혼란스러웠다. 지금이라도 유모차를 빼앗아 내가 끌고 갈까? 아까처럼 유모차 바퀴가 제멋대로 굴러가면 대책이 서지 않았다.

농장 입구에 다다라서야 나는 입을 뗐다.

"이젠 내가 밀고 갈게."

"여긴 언덕이라서 더 힘들 텐데……."

"그 정도는 나도 할 수 있거든."

나를 깡그리 무시하는 말투였다. 나는 조금은 거칠게 손잡이를 낚아 챘다. 그러나 농장 안으로는 들어가는 길은 비스듬히 올라가는 오르막 길이었다. 나는 두 팔에 안간힘을 쓰면서 유모차를 밀고 올라갔지만, 몇 발자국 떼지 못하고 멈춰 서고 말았다.

"무식하면 몸이 고생이라니까. 아까 우리 할머니가 요령이 있어야 된다고 했는데……."

슬기는 끝까지 내 감정을 긁었다. 그러나 오르막길을 오를 수 없어 서 결국은 슬기가 밀고 올라갔다. 슬기도 힘에 부치는지 땀을 흘리면 서 헉헉댔다.

오두막 앞에 닿아서야 한숨을 토해냈다. 땀으로 흠뻑 젖은 얼굴과 머리카락을 보면서 안쓰러운 마음도 들었다. 왜, 굳이 왜, 누가 해달라 고 부탁하지도 않았는데 스스로 무거운 짐을 지는 걸까. 슬기한테 슬 며시 미안한 마음이 들었다.

"시원한 주스 한 잔 마실래?"

"정말? 웬일로……."

"힘들게 해서…… 잠깐만……."

나는 부리나케 오두막으로 들어와 냉장고 문을 열었다. 이럴 때 주스라도 한 잔 내줄 수 있어서 그나마 다행이었다. 주스를 좋아하는 삼촌은 냉장고에 늘 챙겨두었던 것이다. 주스를 내밀면서 슬기에게 반말투에 대해서 분명히 말하려고 마음먹었다.

"물어볼 게 하나 있는데……."

"뭔데?"

"왜 처음 만났을 때부터 내게 반말을 하는 거야? 그러니까 나도 마음이 상하지."

나는 겨우 기어들어가는 목소리로 상한 마음을 전했다.

"아, 그래서 기분 나빠 했구나!"

"너 같으면 기분 안 나쁘겠냐?"

"그럼 오빠도 내게 반말하면 되겠네. 난…… 아저씨가 조카가 농장에 내려왔다며 놀러 오라고 해서 언제 갈까 간만 보고 있었는데……. 오빠인 줄 그날 정류장에서 한눈에 알아봤지. 왜 갔다가 돌아온 거야?"

슬기가 은근히 내 비위를 긁었다.

"남이야 오든 가든 네가 무슨 상관이야."

"상관하는 게 아니라 그냥 궁금해서 물어봤어."

슬기는 시큰둥하게 대꾸했다. 제 딴에는 내가 조목조목 따져 물으니까 기분이 상했던 모양이다. 나는 내친김에 확실하게 해두려고 자꾸만 감겨드는 목소리를 가다듬었다.

"내가 허락하면 몰라도, 앞으로 나한테 네 멋대로 반말하지 마!"

나는 그동안 속이 부글거리면서도 참았던 게 분했던 것이다.

"아휴, 소심하기는……. 오빠도 내게 반말하잖아. 서로 반말해, 됐지?"

슬기는 내가 먼저 결론을 내리기도 전에 선수를 쳤다. 그러고는 뒤돌아보지도 않고 손을 흔들면서 내리막길을 뛰어갔다.

슬기가 가버린 자리에는 할머니의 유모차만 덩그러니 남아 있었다.

7. 별을 만나러 간 시간

좀처럼 잠들 수가 없었다. 눈을 감고 있었지만 정신은 더 말똥말똥했다.

삼촌의 유일한 밤 친구 텔레비전에서 개그맨들이 서로 우스꽝스럽게 다투는 소리가 흘러나왔다. 화면에도 없는 방청객들의 웃음소리를 추임새로 넣어가면서 웃기려고 애쓰는 모습이 억지스러웠다. 억지로 살아야 하는 더러운 세상!

나는 하품을 늘어지게 했다.

"피곤하면 자지?"

내 하품 소리에 삼촌이 말을 걸었다.

"잠이 안 와요."

"안 하던 일을 몰아서 하니까 힘들었나 봐. 나도 처음에는 그랬는데 이제 몸에 붙으니까 괜찮아. 어떻게 해주랴?"

삼촌이 내게 달리 해줄 건 없었다.

"밤에는 좀 심심하지? 그래서 잠이 더 안 오는 거야. 낮에는 동물들과 얘기도 나누고, 칸도 있고, 수탉이랑 맞붙어 싸우기도 하고…… 구경할 것도 얼마나 많은데 심심해? 난 심심할 겨를이 없더라."

"그거야 삼촌 생각이죠."

삼촌의 말에 어처구니가 없었다. 사람마다 생긴 모습이 다르고, 취향이 다르고, 생각이 다른데. 삼촌도 자신의 취향을 나와 동일시하는 무지한 생각을 가진 면이 있었다. 밤은 깊어가고 자지러질 듯 울어대는 풀벌레 울음소리에 오싹함마저 들었다.

"삼촌, 혼자 살면 무섭지 않아요?"

방학을 마치고 내가 집으로 돌아가면 삼촌은 혼자 남을 것이다.

"뭐가 무서워. 우리 칸도 있고, 양순이들도 있고, 닭들도 많고……."

"난 삼촌 안 들어오니까 무서워 죽겠던데."

나는 집을 나간 속내를 은근히 내비쳤다. 차마 다른 변명은 둘러대기 싫었고, 일일이 설명해야 된다는 건 생각만 해도 짜증이 났다.

"그래서 튀었냐? 잘 돌아왔어. 길어 봐야 여름방학 동안인데 그걸 못 참아?"

"히-."

나는 변명 대신에 어색한 웃음으로 넘겼다.

"그래도 네가 와서 좋아."

"정말요? 귀찮지 않아요?"

"귀찮기는. 네가 삼촌 놔두고 도망갈까 봐 겁난다."

삼촌이 마치 고백하듯 말했다. 삼촌처럼 이렇게 그냥 웃으면서, 때로는 모른 척하면서 넘어가도, 나는 다 짐작하고 있다. 겉으로 말하거나 표현하지 않을 뿐이지. 나도 열여섯 살이면 세상 돌아가는 상황도

다 파악하고, 사람들 사이에서 일어나는 이상한 기류도 꿰뚫어볼 수 있는 안목을 가졌다. 이런 나를 두고 엄마 아빠는 내가 아무것도 모르는 철부지, 불만만 가득 쌓인 아이로 종종 타박을 했다. 엄마가 불평을 늘어놓으면 아빠는 옆에서 장단을 맞추어주었다. 두 사람이 함께 뜻이 맞아서 몰아버리면 정말이지 내 자신이 바보 같고, 더없이 무기력해진다. 그냥 시간 가는 대로 세월이 흘러가는 대로 나를 던져버리고 싶은 생각이 들기도 했다.

"무슨 생각을 그리 골똘히 하나?"

나도 모르게 깊은 생각에 빠져 있었다.

"그냥…… 사는 게 힘들어서요. 머리도 복잡하고……."

"생각이 많을 때지. 어른으로 성장해가는 과정에서 청소년 시기에 흔히 겪는 혼란일 수도 있고, 장래에 대한 불안일 수도 있고……."

"엄마 아빠는 날 별로 믿지 못하는 것 같아요. 나도 점점 자신이 없고……."

한숨이 터져 나왔다. 그러자 삼촌이 웃음을 흘렸다.

"못 믿는 게 아니라 자신들의 욕망이나 기대치를 너무 높게 잡아놓고, 거기에 못 미칠까 봐 미리 불안해하고 전전긍긍하는 거지. 네 엄마 아빠뿐만 아니라 어른들은 다 그래. 그래서 갈등이 생기고 서로 다투고 하는 거지. 왜, 무슨 문제가 있니? 난 그냥 네 아빠가 방학 동안 여기서 지내게 해달라고 해서 그 부탁을 들어준 것뿐이야."

"초등학교 때는 내가 뭘 좀 잘못하고 성적이 떨어져도 다음에는 잘하라며 그냥 넘어갔는데, 중학교에 올라오니까 확 변하더라고요. 성적이 떨어지면 큰일이라도 난 줄 알고, 난 아직 중학생인데 벌써 대학 입시 걱정하면서 한숨을 쉬는데 가슴이 꽉 막혀요. 학교 수업이 끝날 때부터 문자로 감시하는데 너무 짜증 나고 답답하고…… 완전 집착이라니까요."

"에휴, 너도 참 힘들겠구나! 그래서 핸드폰을 두고 온 거야?"

"아뇨. 내가 두고 온 게 아니라 아빠가 빼앗았어요. 핸드폰 없이 여름방학 동안 한번 지내보라고."

"하하, 알 만하다. 엄마한테 문자로 감시당하지 않으니까 좋잖아?"

"그건 좋은데, 그래도 너무 심심해요. 시간도 볼 수 없고 게임도 못 하고."

삼촌에게 내 마음을 털어놓는 게 조금은 멋쩍었다. 왠지 엄마 흉을 보는 것 같아서 마음 한구석이 찜찜하기도 했다.

갑자기 조용한 분위기를 깨트리는 괴성이 오두막을 덮쳤다.

"캬아악 캬아악."

나는 귀를 쫑긋 세웠다. 농장에 온 첫날 밤에도 들었던 괴성이었다.

"이게 무슨 소리죠?"

"고라니끼리 싸우나? 같이 나가볼래?"

삼촌이 바지를 챙겨 입었다. 위에는 아무것도 입지 않고 문을 나서는 게 아닌가. 나는 가만히 누워서 삼촌의 행동을 지켜보다가 벌떡 일어났다. 고라니들이 싸우는 광경을 구경하고 싶었다. 나 역시 반바지만 입고 따라나섰다. 삼촌과 손전등을 하나씩 나누어 가지고 이리저리 비추면서 걸었다. 마치 밤 사냥을 나서는 사냥꾼이 된 기분이 들어 한껏 마음이 들떴다.

"삼촌, 고라니들이 어떻게 생겼나 보고 싶으니까 내쫓지 말아요."

"녀석들은 아주 예민하고 겁도 많아서 사람 발자국 소리만 나도 멀찌감치 달아나. 아무 소리 내지 말고 걸어라."

농장에 온 지 팔 일이 되었지만 한밤중에 숲속으로 들어가는 건 처음이었다. 한낮에 뜨겁게 달구던 하늘과 땅은 어느새 시원한 공기를 내뿜어 한결 무더위에서 벗어날 수 있었다. 하지만 낮에 드넓게 펼쳐진 푸른 농장이 밤에는 엄숙하고 위압적인 분위기를 자아냈다.

나는 손전등으로 하늘에 불빛을 비추었다.

"별이 엄청 많이 나들이 나온 밤이네. 불빛이 없어야 별빛이 더 잘 보이지."

삼촌이 먼저 손전등을 껐다. 나도 손전등을 끄고 걸음을 멈춘 채 하늘을 올려다보았다. 어디에 숨어 있던 별이 밤이면 저토록 초롱초롱 빛날까? 서울 하늘에서는 별빛을 볼 일이 거의 없었다. 밤늦게 학원을 마치고 문을 나설 때, 어쩌다 감성 어린 아이들의 환호성에 하늘을 올려다보기도 했다. 그러나 드문드문 희미하게 보일 듯 말 듯 비치는 별은 관심 밖이었다. 오늘 밤, 그 관심 밖의 별이 내 눈으로 쏙 들어왔다. 비로소 대자연의 신비와 내가 오롯이 하나가 되는 일체감을 맛보았다.

'나도 밤하늘에 초롱초롱 빛나는 별이 되고 싶다!'

나라는 사람이 높은 빌딩과 복잡한 세상에서 희미한 별로 어둠 속에 묻히기는 싫었다.

삼촌이 다시 손전등을 켜고 괴성이 터져 나오는 쪽으로 불빛을 비추었다. 나는 손전등을 켜려다 멈추었다. 캄캄한 들판에서 파란빛이 또렷하게 번뜩였다.

"저게 뭐지?"

나는 그제야 손전등을 켜고 파란빛을 쫓아서 불빛을 비추었다. 괴성이 한순간에 어둠 속으로 숨어버렸다. 삼촌의 손전등 불빛이 어두운 들판을 이리저리 휘저으면서 무언가를 쫓고 있었다.

"삼촌, 뭐예요?"

"고라니가 눈치 챈 것 같은데……."

나는 발소리를 죽이면서도 급하게 파란 불빛을 향해 다가갔다. 그러자 한 마리가 숲속으로 냅다 달아났다. 삼촌과 내가 가까이 다가가자 한 녀석은 파란 눈빛으로 가만히 우리를 지켜보는 게 아닌가.

"쟤는 왜 도망 안 가요?"

"농장 숲속에 터전을 잡고 사는 녀석들은 사람 겁 안 내. 자주 보던 사람이라면 그냥 보다가 자기 갈 길 가면 되는 거야."

"고라니도 사람을 알아봐요?"

"눈 달렸는데 못 알아보겠냐. 저 녀석 봐라. 딱 버티고 서서 우리가 자기 영역에 침입자인 양 노려보잖아."

"웃기는 녀석들이네."

나는 그만 웃음이 터져 나왔다. 왜 저렇게 서서 우리를 보고 있나 했더니 고라니 눈에는 삼촌과 내가 침입자였던 것이다.

"생긴 건 순하게 생겼는데 웬 목청이 괴물 같아요?"

"순하게 생겼으니까 사나운 놈들한테 당하지 말라고 조물주가 괴물 목소리를 줬나보지."

"그런가!"

삼촌과 얘기를 나누고 있는 사이에 고라니는 곁눈질로 슬쩍슬쩍 쳐다보다가 숲속으로 발길을 돌렸다. 우리가 무서워서가 아니라 더 이상 별 볼일 없다는 듯 한껏 여유를 부리며 걸어갔다.

"근데 쟤네들은 왜 싸웠을까?"

어쩌면 내가 알지 못하는 사건이 밤마다 숲속에서 벌어지고 있는지도 몰랐다.

"동물들 본능이지 뭐. 나 아닌 다른 상대는 적으로 여기는 습성을 가졌어. 자기 보호 본능에서 나오는 속성이지."

"사람도 그런가요? 나도 사람들이 자꾸 싫어지던데……."

"왜? 이유가 있을 거 아냐?"

"나도 잘 몰라요. 그냥…… 그냥, 나 혼자 있는 게 마음 편해요."

"친구가 제일 좋을 나인데, 그러면 안 되지. 난 네 나이 때 식구들보다 친구가 더 잘 통하고 재미있던데."

"요즘은 노는 애들만 똘똘 뭉쳐 다니지 범생들은 다 각개 전투예요. 난 둘 다 싫어요!"

내 목소리에 왠지 적의가 섞여 있는 것 같아서 스스로 놀랐다. 이런 말조차 누구한테 해본 적이 없는데.

"싫은 것과 상대를 경계하는 건 다른 뜻이야."

"싫으니까 가까이 오지 못하게 경계하는 거죠. 어떻게 달라요?"

삼촌의 아리송한 말이 언뜻 이해가 가지 않았다.

"싫은 건 내게 피해를 주거나 나와 대립을 해서 싫은 거고, 경계는 낯설거나 왠지 불안을 느낄 때 경계하는 거지. 고라니들이 싸우는 건 싫어서가 아니라 서로 경계하는 걸 거야."

나는 일단 고개를 끄덕였다. 너무 깊이 파고들면 왠지 내 논리가 달리는 기분이 들었다.

"이왕 나온 거 별 구경이나 실컷 하자. 나도 밤에는 잘 안 나와."

삼촌이 풀밭에 주저앉았다. 나는 엉거주춤 서 있었다.

"야, 이 녀석아, 하늘 무너지겠다. 앉아."

"똥에 앉으면 어떡해요?"

"손전등은 장식품으로 들고 다니냐? 내가 이미 다 비춰봤어."

"아이고, 이런 바보!"

나는 손에 쥐고 있던 손전등을 흔들면서 웃음을 터뜨렸다.

삼촌과 풀밭 위에 앉아서 한동안 하늘을 올려다보았다. 머리 위로 별이 쏟아져 내릴 듯해서 넋을 잃고 바라보았다. 내가 어느 낯선 이국 땅에 유랑을 온 기분이 들었다. 하늘에는 밤마다 별이 떠 있었을 텐데, 내 품으로 받아들이는 건 특별한 경험이었다. 이런 분위기 때문일까. 왠지 삼촌과 마음을 터놓고 대화를 나누고 싶었다.

"내가 어릴 적에 본 삼촌이랑 지금 삼촌은 너무 달라요."

"네가 어릴 적에는 내가 어떻게 보였는데? 나도 궁금하네."

삼촌이 남의 이야기하듯 물었다.

"어릴 적에는 삼촌 만나면 늘 좋기만 했는데……."

"왜?"

"나한테 장난감도 잘 사주고, 과자도 사주고, 잘 놀아주고……."

내 말에 삼촌이 피식 웃으면서 어깨를 툭 쳤다.

"야, 내가 네 엄마 아빠 몰래 용돈 준 거는 잊었냐? 그 용돈, 어디서 생긴 줄 알아?"

"어디서 생겼는데요?"

"네 아빠 월급봉투 털어서 받아낸 돈이야. 네 엄마한테는 비밀이다."

삼촌이 종종 사고 쳤다며 느닷없이 찾아오곤 했다. 아빠한테 잔소리를 듣고 엄마한테 눈총을 받으면서도 집에 찾아온 삼촌은 괜히 나를 붙잡고 장난을 쳤다. 삼촌한테는 내가 가장 만만한 방패막이었던 셈이다. 나랑 놀고 있는 삼촌을 아빠도 엄마도 매정하게 내쫓지 못했다.

"몇 년 동안 안 보였을 때 어디 갔었어요?"

"모르냐? 네 아빠가 얘기 안 해?"

"지방에 직장 얻어서 돈 벌러 갔다는데, 엄마는……."

하마터면 엄마가 아빠 말에 비웃었다고 말할 뻔했다. 삼촌한테 엄마 흉을 보는 유치한 짓은 하기 싫었다.

"내가 자꾸 네 아빠 돈을 뜯어가니까 네 엄마가 싫어하는 건 당연하지."

"에이, 엄마가 삼촌 싫어하지는 않았어요."

"안 싫어하기는…… 날 앞에 두고 너한테 그랬잖아. '공부 열심히 안 하고 엄마 말 안 들으면 네 삼촌처럼 된다.' 협박해서 우리 형이랑 말다툼했지."

"그런 말 듣기 싫었죠?"

"그런 말 듣고 기분 좋아할 바보가 어딨냐! 공부도 취향이 맞아야 하는 거지. 취향이 아닌데 백날 책 붙들고 있다고 머리에 들어가겠냐. 헛고생이지. 나도 이런 일 저런 일 많이 해봤는데, 동물 농장이 잘 맞더라."

"혼자서 운영하기에 너무 힘들지 않아요? 난 축사 좀 치웠다고 병이 날 지경이던데."

"일은 고되지만 보람도 있어. 내 능력으로 가축들 키우고 돌본다는 게 성취감도 대단해. 그러면 됐지 뭘 더 바래. 남한테 폐 끼치지 않고 내가 좋아하는 일 열심히 하고 살면 되지."

삼촌이 자신 있게 웃었다.

"어디 갔냐니까요?"

삼촌은 내 질문에 엉뚱한 말로 둘러댔다.

"어디 가기는. 고깃배 탔어."

"헐! 원양어선 타고 대서양, 태평양으로 다녔어요?"

"대서양! 태평양! 좋지."

"정말요?"

나는 귀가 번쩍 뜨였다. 이 순간은 삼촌이 원양어선을 타고 탐험가들처럼 세계 바다를 누비면서 고래나 상어를 잡는 멋진 사나이로 보였다. 거칠 것 없이 거센 파도를 헤쳐나가는 삼촌의 모습을 상상했다.

"그냥 작은 고깃배 탔지 뭐."

"정말요?"

나는 적잖이 실망했다. 삼촌한테서 멋진 바다 이야기를 듣고 싶어

잔뜩 기대했는데, 한순간에 와르르 무너졌다.

"고깃배 타서 뭐 잡았어요? 고래도 잡았어요?"

"마음이야 고래도 잡고 싶고 상어도 잡고 싶었지. 비록 멸치를 잡더라도 꿈은 언제나 배보다 더 큰 물고기를 잡는 희망으로 버텼지. 하하하하."

삼촌의 너털웃음 소리가 어둠을 뚫고 밤하늘에 울려 퍼졌다.

"컹컹컹컹컹."

갑자기 칸이 앙칼지게 짖어댔다.

"칸, 그냥 자라. 나야 나!"

삼촌이 큰 소리로 말했다. 그러자 칸은 몇 번 짖다가 조용해졌다.

"칸이 자다가 우리 웃음소리를 다 들었나 봐요?"

"자면서도 한쪽 귀는 열어두고 자나 봐. 사람보다 더 예민하다니까."

칸에 대한 삼촌의 신뢰는 절대적이었다. 어쩌면 산속에서 혼자 지내며 칸에게 의지하는 마음이 더 강한 것 같았다.

"저 녀석도 양반은 못 되네. 왜 안 자고 오는 거야."

나는 삼촌이 손가락으로 가리킨 곳을 보았지만 어두워서 잘 보이지 않았다. 그러나 점점 가까이 다가오는 검은 덩어리를 보았다. 직감적으로 칸이라는 걸 알 수 있었다.

"칸! 이리 와."

나는 손짓을 했다. 칸이 내 곁으로 다가와 앉았다. 마치 다정한 친구가 놀러 온 것처럼 내 허벅지에 얼굴을 박고 비비는 게 아닌가. 나는 친밀감을 표현한 것에 대한 보답으로 칸을 쓰다듬어주었다.

"삼촌 외출했을 때, 칸도 외출했다니까요! 날 좀 지켜달라고 했는데, 아는 척도 안 하고 언제 나갔는지 모르게 나갔더라고요."

나는 새삼 칸에게 서운했던 마음을 삼촌에게 말했다. 칸에게 말하고 싶었지만, 내 말을 알아듣지 못할 것 같아 에둘러 마음을 털어놓았다.

"이 녀석이 그렇다니까! 밤에 슬며시 나갔다가 새벽에 돌아오고, 어떤 때는 아침이 되어도 안 돌아와. 어디 갔다 오는지 몰라. 칸! 너 어디 갔다 오냐?"

삼촌이 칸에게 물었지만 칸은 모른 척 내 다리에 얼굴을 묻었다. 도무지 말귀를 알아듣는지 못 알아듣는지 헷갈릴 때가 많았다.

"삼촌이 외출할 때도 같이 농장 비우는 거 아니에요?"

"몰라. 내가 가끔 외출할 때는 칸에게 단단히 일러두고 나가니 당연히 지키고 있는 줄만 알았지. 처음 알았네."

삼촌이 어처구니가 없다는 듯이 웃었다.

갑자기 숲속에서 부스럭거리는 소리가 들려왔다. 내가 손전등을 비추자 고라니가 가만히 서 있었다. 불빛을 보고도 도망가지 않고 오히려 우리 쪽을 멀뚱히 보고 있었다. 그러자 칸이 '으르렁' 소리를 내면서 위협을 했다.

내가 불빛을 비출 때는 가만히 있던 고라니가 칸의 으르렁대는 소리에는 놀라 숲속으로 다시 들어가버렸다. 칸이 벌떡 일어났다. 그러고는 숲속을 향해 짖더니 단숨에 달려갔다.

"칸, 이리 와! 물면 안 돼!"

삼촌이 놀라서 칸을 불렀다. 그러자 칸도 가던 길을 멈추고 되돌아왔다. 마치 한밤중에 술래잡기 놀이를 하는 것 같았다.

"삼촌, 나 아까부터 참았는데, 모기가 너무 물어요. 들어가요."

"나도 모기들한테 보양식 보시하고 있다."

삼촌이 휘파람을 불면서 일어났다. 나도 휘파람을 불었다. 내 휘파람 소리가 하늘의 별들을 몰고 따라올 것 같았다. 고라니 싸움 구경하러 나왔다가 모처럼 삼촌과 다정하게 얘기를 나누었다. 그러고 나니 삼촌과 한결 가까워진 느낌이 들었다. 농장에 오고 나서 이렇게 삼촌과 함께 깊은 밤을 보내기는 처음이었다.

휘파람 소리 때문일까? 아니면 칸도 신이 난 걸까? 마치 양몰이를 하듯이 삼촌과 내 주위를 풀쩍풀쩍 뛰면서 왔다 갔다 했다. 문득, 앞서 가던 칸이 컹컹거리면서 멈추었다. 내가 손전등을 비추자 불빛 속에서 병아리 한 마리가 비실거리면서 허둥거렸다. 하마터면 밟고 지나갈 뻔했다.

"큰일 날 뻔했네! 올라올 때는 못 봤는데, 용케도 피했네."

나는 가슴이 철렁했다. 내 두꺼운 장화에 밟히면 어떻게 되었을까, 생각만 해도 아찔했다. 고라니 싸움 구경에 정신이 팔려 손전등을 켜고서도 보지 못했다.

"삼촌, 애네들 누가 물고 가면 어쩌려고 들판에서 자요?"

해가 지면 무녀리들은 눈에 잘 띄지도 않았다. 어디서 숨어 자는지 몰랐는데, 들판 한가운데서 자고 있다니……. 다행히 칸이 발견한 덕분에 알 수 있었다.

"얼른 무녀리들 집 따로 지어줬으면 좋겠어요."

"그러자꾸나. 나도 늘 마음에 걸렸지만 혼자서 하는 일이 많아서 자꾸 미루었구나. 무녀리들 잘 돌봐서 자라면 네 몫으로 해줄게."

"정말 내 몫으로 줄 거예요?"

"난 약속했으면 준다. 대신, 잘 돌본다는 조건이다. 잊지 마라!"

나는 얼른 무녀리들에게 안전한 보금자리를 지어주고 싶었다. 칸이 짖는 걸 멈추자 금세 꾸벅꾸벅 졸고 있는 녀석을 그냥 두고 올 수가 없었다. 손으로 녀석을 감싸 안고 오두막으로 돌아오는 길에 별들이 더 빛을 뿜으면서 반짝거렸다.

8. 아픈 영혼 들끼리

삼촌과 함께 숲속으로 들어갔다.

커다란 덤불과 칡넝쿨이 소나무, 상수리나무, 뽕나무를 타고 올라가 무성한 숲을 이루었다. 발 디딜 틈도 없어 앞서 걷던 삼촌이 낫으로 덤불을 쳐내며 길을 만들었다.

"저 나무."

나는 삼촌이 손가락으로 지목하는 나무줄기에 빨간 색연필로 동그라미를 그렸다. 무녀리들의 보금자리를 따로 마련해주기 위해서 재목을 구하러 왔다. 비교적 가늘고 길게 자란 나무로 기둥과 문 테두리, 횃대를 만들어야 했다. 삼촌 말로는 아무렇게나 자라는 나무를 솎아내 줘야 곧게 잘 뻗은 나무들이 쑥쑥 자랄 수 있다는 것이다.

내가 여기저기 풀숲을 헤치면서 동그라미를 그리는 동안, 삼촌은 엔진 톱을 켰다.

"위-잉 위-잉 위-잉."

나뭇가지 사이에 깃들어 있던 새들이 화들짝 놀라서 허공으로 푸드덕 날아올랐다. 엔진 돌아가는 소리에 귀청이 찢어질 것 같았다. 온몸이 으스스하고 공포스러운 전율이 일어났다.

삼촌은 나무 밑동을 베어냈다. 나무는 몸뚱이가 잘려나가는 고통과 공포를 느끼는 것 같았다. 바람도 안 부는데 숲속의 나뭇잎들이 파르르 떨고 있는 게 보였다. 온 숲이 아파하는 비명 소리가 귀에 쟁쟁하게 들려왔다. 숲속을 순식간에 공포의 도가니로 몰아넣었다. 나는 애써 모른 척하며 먼 산에 눈길을 돌렸다. 무녀리들이 안전하게 마음 놓고 살 수 있게 해주고 싶어 집을 지어주려고 했는데……. 나무의 희생이 뒤따랐던 것이다.

칸이 달려왔다. 엔진 톱 소리에 위험을 느꼈는지 삼촌을 향해 마구 짖어댔다.

"칸, 괜찮아! 괜찮아! 양순이들 놀라지 않게 지키고 있어."

삼촌이 칸에게 가라고 손짓을 했다. 한동안 멍하니 서서 삼촌을 지켜보던 칸이 그제야 양 떼가 모여 있는 곳으로 되돌아갔다. 나무는 금세 잘려나가고, 무녀리들 보금자리를 지을 나무가 차곡차곡 쌓여갔다.

"좀 쉬었다 하자."

삼촌은 목에 두르고 있던 수건으로 땀을 닦으면서 풀숲에 앉았다. 나도 그 옆에 앉아서 미리 준비해온 얼음물을 벌컥벌컥 들이켰다.

"삼촌, 할아버지는 왜 혼자 여기서 사셨어요?"

"내가 떠돌아다니니까 날 위해서 여기에 터를 잡고 농사를 지으셨단다. 더 이상 혼자 떠돌아다니지 말고 정착해서 같이 살자고."

아빠와 엄마가 하던 이야기가 떠올랐다. 삼촌은 할아버지가 돌아가시고 난 후에도 한참 후에 비워둔 땅에 동물 농장을 만들었다고. 그때

부터 삼촌이 마음잡고 열심히 동물을 돌보고 있다며 마음이 놓인다고
했다.

"왜 할아버지 돌아가시고 곧바로 안 오고 한참 있다가 온 거예요?"

"원래는 올 생각이 없었어. 우리 아버지가 형과 나를 차별했거든. 나
중에야 깨달았지만, 형은 공부도 잘하고, 말썽도 안 부리고, 아버지 말
씀도 잘 따르고……. 나는 학교도 땡땡이치고, 어깨 힘주고 다니는 친
구들과 어울리느라 사고도 치고, 차별받는다고 생각하니까 자꾸 반항
심이 생기더라고. 그땐 그게 너무 화나고 미웠어. 그래서 집을 나가 혼
자 떠돌아다니며 살았지. 돈이 필요하면 형 찾아가서 손 내밀고…….
형이 야단을 치기도 했지만 모른 척하지는 않았거든. 아버지 돌아가시
고 나서도 서운한 마음이 남아 있었는데, 형이 말해주더라고. 그만 떠
돌아다니고 여기에서 살라고. 그 말을 듣고 나니까 미안해서 더 못 오
겠더라고. 그래서 안 오려고 했는데 칸을 만나고 나서 마음의 결정을
내렸지."

"칸 때문이에요? 칸이 왜요?"

나는 얼른 연결이 되지 않았다. 삼촌이 농장을 시작하면서 칸을 만
난 게 아니라 그 전에 벌써 칸을 알고 지냈다는 얘기였다.

"칸이 원래 떠돌이 개였어. 어린 녀석이 혼자 부둣가를 돌아다니면
서 쓰레기나 뒤지고 다니는 게 영 마음에 걸리더라고. 하긴 여름만 되
면 바다에 놀러 온 사람들이 집에서 키우던 개를 데리고 와서 갈 때는
버리고 가버리니까. 해마다 피서 철이 끝나면 유기견 몇 마리는 바닷
가에 돌아다니지. 개중에 한 마리가 칸이었어. 제대로 먹지도 못하고

바싹 말라서 금방이라도 쓰러질 것 같았는데, 이 녀석한테 고기 한 마리 던져주니까 처음에는 먹지도 않더라고."

"왜요? 배가 많이 고팠을 텐데……."

"주인한테 버림받고 나니까 사람을 기피하는 거지. 그런데 이상하게 녀석이 자꾸 마음에 걸리는 거야. 그래서 고깃배 타지 않을 때는 녀석을 찾아서 먹을 걸 계속 주고 나니까 그 다음에는 졸졸 따라다니더라고. 결국은 집에 데리고 와서 키우는데, 주인집에서 떠돌이 개를 데리고 들어왔다고 아주 싫어했어. 녀석이 좀 살갑게 대했으면 좋았을 텐데, 밤낮으로 울부짖고 사람들이 다가가면 경계를 하니까 사람들도 싫어하지."

"칸한테 그런 아픔이 있었다니……. 칸한테 더 잘 해줘야겠어요."

나는 칸이 있는 쪽을 바라보았다. 왜 저토록 멋진 녀석을 버린 걸까? 새삼 알지도 못하는 칸의 전 주인이 원망스러웠다. 버림받은 칸이 얼마나 힘들었을까 생각하니 가슴이 울컥했다.

"그래. 여기 있는 동안이라도 칸과 잘 지내. 녀석도 저번에 보니까 널 믿는 눈치더라. 믿지 않으면 가까이 가지도 않아. 내가 칸을 붙잡아 두지 않는 건, 저 녀석이 예전에 떠돌아다니던 습관이 있어서인지 가끔 밤에 외출을 하더라고. 그래도 나갔다 꼭 돌아오는 거야. 나도 그렇거든. 여기서 동물들 키우고 있지만 또 사람들과 어울려 술도 한잔 마시고 싶고 함께 배 탔던 친구도 만나고 싶고 그래."

"여기 와서 칸이 적응은 잘했어요?"

"처음에는 자기를 버린 주인을 찾는지 여기저기 돌아다니더라고. 그래도 그냥 놔두고 저녁에 들어오면 밥 주고 하니까 어디 안 가고 붙어 있대. 몇 년간 뱃일 하면서 차곡차곡 모은 돈으로 양도 사고, 병아리도 사고, 농장 운영하는 데 경비로 썼지. 힘들게 일해서 번 돈을 여기에 투자하고 나니까 이 농장에 대한 애정이 더 깊어지더라. 양을 키우면서 칸이 자연스레 양치기 개가 되었는데, 그때부터 자기 몫을 단단히 하는 거야. 진돗개가 또 얼마나 영특한 유전자를 가졌냐. 사람한테 받은 상처를 양들을 돌보고 이끌면서 안정이 되고 자신감을 갖더라고."

칸 이야기를 들으면서 마치 삼촌의 속내를 듣는 것 같았다. 삼촌도 여기 와서 마음을 잡고 칸과 다른 동물들과 어울려 사는 게 마음 편하다고 하지 않았는가.

"할아버지 보고 싶지 않아요?"

갑자기 엄마 아빠가 보고 싶었다. 내게 묻지도 않고 일방적으로 삼촌 농장에 보냈다고 원망하고 짜증이 났는데.

"가끔⋯⋯. 아버지가 살다간 땅에서 사는데 왜 생각이 안 나겠냐. 그래서 더 열심히 농장을 꾸려나가려고 한다. 내가 천성이 낭만주의자고 세상살이 바쁠 것도 없으니까 되도록 자연스럽게 꾸려가려고 해."

삼촌의 말을 들으니까 내가 삼촌을 닮았나 하는 생각이 들었다. 아빠와 엄마는 뭐든 분명하고, 깔끔하고, 계획한 것은 반드시 이루어야지 직성이 풀렸다. 하지만 나는 그런 엄마 아빠의 기대에 맞추는 게 너무 힘겨웠다. 마치 내가 바보가 된 것처럼 느껴져서인지 중학교에 올라와서는 학년이 올라갈수록 학교생활에도 점점 흥미를 잃었다. 내년이면 고등학생이 되는데 기대보다는 두려움이 더 컸다. 이런 내 마음을 아무한테도 털어놓을 수가 없었다. 어쩌면 학교에서 부적응자로 찍힐까 봐 겁이 났던 것이다.

"후유!"

나도 모르게 갑갑한 마음이 터져 나왔다. 삼촌이 어깨를 툭 쳤다.

"왜 한숨이냐? 하늘 무너지겠다. 무슨 걱정 있냐?"

"그냥요."

"그냥……. 그래, 나도 그랬어. 그냥이라고……. 나중에 그냥에 대해서 진지하게 토론해보자."

삼촌의 말에 나는 웃어넘겼다.

"이제 슬슬 일어나자. 내친김에 해야지 자꾸 미루면 하기 싫어져."

삼촌이 먼저 일어나 쌓여 있는 나무를 하나씩 끝이 뾰쪽하게 잘랐다. 땅에 박으려면 끝이 뾰쪽해야지 잘 들어간다는 것이다. 나는 삼촌이 토막 내놓은 나무를 무녀리 보금자리를 지을 곳으로 옮겼다.

"아유, 힘들어 죽겠다!"

나는 몇 개 옮기지도 않고 풀썩 주저앉았다. 이른 아침인데도 벌써 온몸에 땀이 범벅이 되었다. 해가 쨍쨍 내리쬐기 전에 말뚝을 박아야 한다면서 삼촌이 뒤늦게 서둘렀다.

"삼촌, 좀 쉬었다 해요."

"그거 몇 개 갖다 날랐다고 벌써 지치면 어떡하냐? 말뚝 박아놓고 어차피 그물망으로 둘러야 하니까 철물점에 갈 겸 외출하자. 밖에 나가서 시원한 바다도 구경하고 맛있는 것도 사줄게."

"바다가 어디 있어요?"

"차로 이십 분 정도 가면 서해 바다야. 안 그래도 바다에 한번 데리고 가려던 참인데 그물망도 사고, 나간 김에 콧바람도 쐬지."

"와아, 대박! 바다에 가다니……. 드디어 여름방학 기분을 내겠네!"

나는 그만 감동했다. 남들은 방학이면 산으로 바다로, 해외여행으로 나가는데 나는 겨우 삼촌의 동물 농장에 와서 똥 냄새만 실컷 맡는 게 억울하기 그지없었다. 그런데 그 보상이 조금은 주어진 것 같아 기분이 좋았다.

바다로 가고 싶은 욕심에 계속 일을 했다. 내가 말뚝을 잡고 있으면 삼촌이 해머로 박았다. 무녀리 보금자리는 그리 넓지 않아서 그물망을 달아놓을 만큼 사이를 띄우고 박으니 금방이었다. 일이 거의 끝날 즈음에 삼촌이 내게 해머를 내밀었다.

"이런 기회에 경험 삼아 말뚝 한번 박아봐라. 사람이 살다가 보면 망치질해야 할 때도 있으니까."

나는 해머를 받았지만 선뜻 기분이 내키지 않았다. 보기보다도 훨씬 무겁고 투박했다. 그러나 삼촌이 말뚝을 쥐고 있어서 경험 삼아 내리쳤다. 보기에는 금방인 것 같은데, 막상 해보니까 똑바로 땅에 박히지 않고 옆으로 휘청거렸다.

"보기보다도 어렵네요."

"뭐든 다 그래. 남이 하면 쉬울 것 같은데 막상 내가 해보면 쉬운 게 하나도 없어."

내가 어설픈지 삼촌이 다시 말뚝을 박았다. 무녀리들만 살 거니까 닭장이 크지 않았지만, 말뚝이 박힌 것만 봐도 마음이 든든했다.

내가 샤워를 하는 동안 삼촌이 창고 뒤에 세워둔 승용차를 물로 씻고, 마른 걸레로 닦아놓았다.

"바다로 드라이브 나가는데 기분은 내야지."

삼촌은 만족한 듯이 마지막으로 백미러에 묻은 물기를 마저 훔쳤다. 그러고는 휘파람을 세차게 불었다. 나도 두 손가락을 입에 넣고 휘파람을 불었다. 언덕 위에서 칸이 두 귀를 팔랑이면서 달려왔다.

"칸! 농장 잘 지키고 있어."

삼촌이 칸의 아래턱을 문지르고 등을 쓰다듬으면서 명령을 내렸다.

"칸! 무녀리들 잘 돌봐야 해. 수탉들이 때리지 못하게……."

나도 칸의 아래턱을 살살 긁으면서 부탁을 했다. 칸이 꼬리를 흔들면서 내 부탁에 답을 했다. 삼촌이 금세 샤워를 하고 새 옷으로 갈아입고 나왔다. 검은 선글라스까지 쓰고 한여름인데도 장미 향수를 뿌렸다.

"아유, 냄새! 삼촌은 향수 뿌리고 싶어요?"

"좋아서 뿌리냐! 여름이라서 닭똥 냄새 풍기면 사람들이 싫어할까 봐서 애쓰는 거지."

"우리 말고 누가 또 있어요?"

"가는 길에 슬기 태우고 가자. 내가 바다에 놀러 가자고 좀 전에 전화했어."

삼촌은 왜 나한테 묻지도 않고 일방적으로 결정을 하는지 이럴 때 보면 꼭 엄마 아빠 같았다. 어른들은 다 그런가? 함께 가는 사람이 불편할 수도 있는데, 그걸 조금도 고려하지 않았다. 내 흑역사의 증인과 함께 바다에 놀러 가다니.

"우리끼리 가면 안 돼요? 좀 불편해서……."

"이런 기회에 같이 놀면 더 친해질 수도 있고, 너도 슬기랑 이야기라도 하면 덜 심심할 거잖아. 야 인마, 삼촌이 다 생각해서 같이 가자고 한 거야. 슬기 만나면 잘 대해줘."

나는 대답하지 않고 가만히 있었다. 특별히 나쁜 감정이 쌓인 것도 아닌데, 대놓고 싫어할 이유도 없지만 그냥 불편한 마음이었다.

농장에서 나와 포도나무 집 앞에 차를 세우고, 삼촌이 경적을 울렸다. 슬기가 제일 먼저 달려 나오고, 슬기 엄마랑 아빠도 뒤따라 나왔다.

"슬기야, 아이스크림이라도 사 먹어."

슬기 아빠가 돈을 꺼내 슬기 손에 쥐어주었다. 슬기가 나를 보면서 활짝 웃었다. 슬기가 차에 올라타자 슬기 엄마가 손을 흔들면서 "잘 놀다 와! 바다에 들어가지 말고!"라며 어린애 걱정하듯 말했다. 멀리 여행을 떠나는 것처럼 배웅이 요란한 게 유별난 가족 같았다.

차가 20여 분쯤 달렸을 때, 푸른 빛깔로 탁 트인 바다가 한눈에 들어왔다. 그 순간, 내 가슴도 탁 트인 것처럼 시원했다. 끝없이 펼쳐져 있는 바다 위에는 사진을 찍어놓은 것처럼 요트와 앙증맞은 작은 배들이 둥둥 떠 있었다.

"우아, 요트가 무지 많아!"

나는 함성을 질렀다. 마치 지중해의 어느 멋진 해변에 온 것처럼 이색 풍경이 펼쳐져 있었다. 해변가 도로를 따라 알록달록한 온갖 색깔의 텐트가 즐비해 있고, 몸에 딱 붙는 옷이며 평범하지 않은 복장을 한 사람들이 바쁜 걸음으로 오갔다.

한순간에 마음이 붕 떴다. 바다 위로 끼룩끼룩대며 날아다니는 갈매기들도 가까이서 얼굴까지 보이고, 음악 소리도 울려 퍼졌다.

"헐! 이러니까 서울 촌것들이라고 하지."

"왜?"

"바다 처음 보는 거야? 유치하게 유치원생처럼 소리 지르기는……."

슬기가 핀잔을 주었다.

"내가 왜 바다를 처음 봐! 여러 번 갔거든."

나를 무시하는 것 같아 거짓말이 툭 튀어 나왔다.

"그런데 바다를 보고 소리를 질러? 오빠는 요트도 처음 보지?"

"아니거든. 많이 봤거든."

나는 삼촌이 차를 세우자마자 슬기랑 실랑이를 벌이기 싫어 얼른 내렸다.

"삼촌, 우리도 요트 타요?"

"다 개인 요트야."

나도 요트를 타고 저 먼 바다, 태평양, 대서양, 인도양, 북극, 남극…… 어디든 가고 싶었다. 먼 미지의 세계로……. 지금 이 순간, 강렬하게 푸른 바다로 나가고 싶어서 조바심이 날 지경이었다.

"난 타봤는데. 우리 할아버지 친구 아들이 요트를 가졌거든. 이번 뱃놀이 축제 때도 타봤어. 우리 엄마 아빠는 여기 전곡항에서 축제가 열리면 꼭 데리고 와."

"뱃놀이 축제가 언젠데?"

"유월 초에 했어. 올해는 지나갔으니 내년에 와. 그때는 신청을 하면

순서대로 고급 요트 타고 바다로 나가는 체험도 할 수 있고, 진흙 목욕도 하고, 고기잡이도 해. 얼마나 재미있는데……."

슬기가 자랑을 늘어놓는데 왜 그리 부러운지……. 꼭 한 번 뱃놀이 축제에 오고 싶었다. 더군다나 축제 때마다 가까운 거리여서 올 수 있다는 게 행운인 것 같았다.

우리 일행은 나란히 서서 부러운 눈빛으로 바다에 떠 있는 요트를 바라보았다. 눈요기로만 만족해야 하는 게 아쉬워서 자꾸만 미련이 남았다. 요트를 타고 세계 곳곳을 누비며 살 수 있으면, 얼마나 가슴 뛰는 사건일까.

"준서야, 요트는 아니더라도 작은 고깃배라도 타볼래? 삼촌 친구가 고깃배를 가졌거든."

"정말요? 지금 당장 탈 수 있어요?"

나는 어느새 마음이 들떴다. 아직 배를 타본 적이 없어서 제발 삼촌의 말이 헛되지 않았으면…….

"오늘 바다에 나갔는지 안 나갔는지 몰라서…… 전화해볼게."

삼촌이 한쪽으로 가서 핸드폰을 꺼냈다. 누군가와 통화를 하는 삼촌의 표정을 살피면서 괜히 가슴이 졸아들었다. 통화를 끝낸 삼촌이 손짓을 하며 승용차 세운 곳으로 향했다. 드디어 배를 탈 수 있었다. 비록 요트는 아니지만 배를 탈 수 있는 소원이 대번에 이루어졌다.

"물 들어오기 전에 어서 가자. 모세의 기적 알지? 모세의 기적이 이루어지는 바다야!"

"그게 뭔데요?"

나는 갑자기 모세의 기적이 무엇인지 몰라 되물었다.

"썰물이 되면 바다 가운데가 갈라져 길이 생기고, 밀물이 되면 다시 물이 들어와 바다가 되는 거야."

슬기가 아는 척을 하고 나섰다. 나도 언젠가 뉴스에서 그런 바다를 본 것이 생각났다. 바다가 무슨 조화를 부리는지……. 마치 비밀에 쌓인 세계로 탐험하는 기분이었다.

삼촌은 모세의 기적이 이루어지는 제부도로 향했다. 차는 십 분도 채 달리지 않아서 바다 한가운데에 뚫려 있는 도로를 달렸다. 도로 가에는 드넓은 갯벌이 오롯이 드러나 있고, 갯벌 저 너머에서 물결이 출렁거렸다. 물이 조금만 차올라도 차가 바다에 풍덩 빠져 버릴 것만 같아 괜히 다리가 떨렸다. 그래도 무섭다는 말은 입 밖에 꺼낼 수가 없었다.

"삼촌, 지금이 썰물인가 봐요?"

"응. 조금 있으면 밀물이 될 거야. 얼른 건너야 해!"

삼촌이 속력을 냈다. 나는 좀 더 천천히 가면서 모세의 기적을 여유롭게 누리고 싶었다. 양쪽으로 갈라진 바다 사이를 간다는 건 아무 때나 경험할 수 있는 일이 아니었다.

차가 방파제 위로 들어왔을 때, '땡땡땡땡땡.' 종이 급하게 울리는 소리가 났다. 동시에 바닷길 도로에 아무도 들어가지 못하게 차단기가 내려졌다.

삼촌이 차를 돌려세우고는 창밖으로 고개를 쭉 내밀었다.

"물 들어오는 소리가 참 시원하구나. 너희들도 밖에 나가서 구경해

봐라."

나는 차에서 내렸다. 짠맛이 배어 있는 비린 냄새가 코를 싸하게 찔렀다.

"쏴아- 쏴아- 쏴아-."

마치 바다 괴물이 거칠게 숨을 몰아쉬며 달려오는 듯했다. 멋진 광경이지만 동시에 공포감도 느껴졌다. 밀물은 삽시간에 갈라진 바다를 덮어버렸다.

"가자. 기다리고 있을 거야."

섬 안쪽으로 들어가자 상상했던 섬마을 풍경과는 완전히 딴판이었다. 현대식 건물과 횟집 간판들이 어지럽게 즐비해 있었다.

"난 섬마을인 줄 알았는데……."

"오빠, 여기 주변에는 다 유원지야. 섬마을 들어가려면 배 타고 한 시간은 들어가야 할 거야."

내가 아쉬워하자, 슬기가 불쑥 끼어들었다. 삼촌은 부둣가 주차장이라고 팻말이 붙은 곳에 차를 세웠다. 차에서 내리자마자 삼촌이 손을 번쩍 들더니 큰 소리로 인사를 했다.

"어이, 최 이장! 잘 있었나?"

"어서 와!"

부둣가에 매어놓은 작은 배 위에서 얼굴이 새까만 아저씨가 손을 흔들면서 화답을 했다.

삼촌이 먼저 배 위로 올라갔다. 그 뒤를 슬기가 토끼처럼 폴짝 뛰어서 올라가고, 나만 흔들리는 배 앞에서 쩔쩔맸다. 삼촌이 손을 내밀면

118

서 중심을 잡아주었다.

막상 배 위에 오르자 바람도 안 부는데, 배가 뒤뚱뒤뚱 까불었다. 가만히 서 있을 수가 없을 정도로 몸이 흔들렸다. 난간을 잡고 어떻게든 넘어지지 않으려고 버티는데 배가 출발을 했다. 몸이 뒤로 휘청 넘어지는데, 슬기가 뒤에서 등을 잡아 주었다.

"오빠, 조심해. 바다에 빠지면 상어 밥 된다."

"여기 상어가 나와?"

나는 화들짝 놀라서 물었다.

"그럼. 상어가 안 돌아다니는 바다가 어디 있어."

"헐!"

생각지도 못한 일이다. 순간, 영화에서 본 사납고 날카로운 톱니 이빨을 가진 식인 상어가 떠올랐다. 거대한 상어가 작은 배를 들이받으면 배가 뒤집힐 것이다. 그러면 상어 밥이 되는 건 순식간이다.

"슬기야, 우리 준서 그만 골려먹어라. 쟤 놀라는 것 좀 봐라!"

삼촌과 어부 아저씨가 웃음을 터뜨렸다.

"너, 나한테 거짓말했지? 사람 놀리고 있어."

모르는 아저씨 앞에서 나를 바보로 만든 게 화가 났다. 슬기가 뒤돌아서면서 혼자 중얼거리는데 무슨 말인지 알아들을 수가 없었다. 파도 소리, 갈매기 끼룩대는 소리가 내 귀에 더 크게 울렸다. 배가 나아가면서 물결이 밀리는 자리에 일어나는 하얀 거품이 내 눈을 사로잡았다.

멋진 바다 풍경! 지평선 저 너머까지 끝없이 펼쳐지는 물결! 배가 달리면서 일으키는 바람과 하얀 거품! 마치 내 자신이 바다와 하나가 된 기분이다.

나는 한 마리 괭이갈매기가 되어서 푸른 바다를 마음껏 날아다니는 상상을 했다. 입을 벌리고 바닷바람을 가슴속으로 마음껏 들이마셨다. 내 마음속에 돌돌 싸매고 있던 그 어떤 감정과 분노, 짜증이 한꺼번에 날아가버렸다.

배는 섬 주변을 한 바퀴 돌다가 조금 떨어진 섬으로 향했다.

"저긴 무인도야! 그냥 갈래? 무인도 구경해볼래?"

어부 아저씨가 물었다.

"여기까지 왔는데 가보지 뭐."

삼촌의 대답에 배는 다시 속력을 올렸다. 무인도에는 배를 댈 부둣가가 없었다.

"여기서 뛰어내려서 들어가야 한다."

우리는 바다에 풍덩 뛰어내려서 바위 위로 올라갔다. 나는 반바지가 다 젖었지만 아랑곳하지 않았다. 이미 푸른 바다에 마음까지 흠뻑 빠져 있는데, 이까짓 옷이 젖는다고 별 대수겠는가. 오히려 스트레스가 확 풀리는 기분이 들었다.

바위 끝에 서자 파도가 일으킨 하얀 거품이 내 종아리를 휘감아 돌았다. 나는 거품과 장난을 쳤다. 일부러 발을 들어 거품을 툭툭 찼지만, 파도는 잇달아 거품을 일으켰다.

바위 사이로 작은 게들이 돌아다녔다. 가까이 다가가려고 하면 얼른 바위 밑으로 숨어버렸다. 바위 밑으로 손을 넣으니까 작은 고동이 한 손 가득 잡혔다.

"준서야! 슬기야! 얼른 섬 한 바퀴 둘러보자. 여기서 계속 놀 수 없어. 아저씨도 썰물이 되기 전에 고기 잡으러 먼 바다에 나가야 하거든."

나는 아쉬움을 파도에 떠내려 보내고 배 위에 올라탔다.

"배고프지? 뭐 사줄까?"

"피자요. 그동안 너무 못 먹어서 기운이 없어요."

배에서 꼬르륵 소리가 났다. 슬기도 피자가 좋다면서 동의를 했다.

썰물이 되려면 아직 한참이나 남았다. 섬에 유일하게 있는 피자집으로 가면서 오랜만에 스트레스를 날려버렸다.

9. 농장에 찾아온 불청객

칸이 들판을 찢을 듯이 앙칼지게 짖어댔다.

"무슨 일이지?"

삼촌과 나는 얼굴을 마주 보았다.

"도둑이 든 거 아녜요?"

삼촌이 단숨에 뛰쳐나갔다. 어제 저녁 뉴스에 요즘 들어 시골집에 도둑이 자주 출몰한다는 것이다. 나도 따라 나가 양 떼가 놀고 있는 숲 속으로 올라갔다.

'가축을 훔치러 온 도둑들이라면…… 마주치면 어떻게 하나?'

나는 삼촌 뒤를 바짝 따라붙었다. 양들이 사방으로 흩어져서 평소와 다른 목소리로 '매- 매-.' 울었다. 칸은 보이지 않는데, 숲속에서 개 짖는 소리가 요란하게 들려왔다.

"이거 아무래도 심상찮은데. 대체 무슨 일이야?"

삼촌이 불안한 눈빛으로 사방을 급하게 두리번거렸다. 그러고는 양볼이 옴팡 파이도록 세차게 휘파람을 불었다. 웬일일까? 칸도 나타나지 않고, 양들도 흩어진 채 모이지 않았다.

"내가 숲속에 들어가볼게요."

나는 소리가 들려오는 방향을 거슬러 뛰어갔다.

"준서야, 거기 서! 아무래도 이상해."

"뭐가요?"

"사나운 놈이 나타났는지 몰라."

삼촌이 뒤쫓아 오면서 나를 불렀다. 난 아직 용기가 부족한가 보다. 삼촌 말이 떨어지기 바쁘게 저절로 걸음을 멈추었다.

"고라니나 너구리가 왔다고 칸이 저렇게 호들갑을 떨지는 않는데……."

삼촌이 내 옆을 지나가면서 혼잣말로 내질렀다.

"그럼…… 멧돼지? 지리산에 산다는 반달가슴곰? 이미 멸종되었다는 늑대, 호랑이? 표범? 순간, 번개보다 더 빨리 온갖 사나운 짐승들이 떠올랐다. 사나운 짐승이 나타났다면, 삼촌도 위험에 빠질 수 있었다. 이럴 땐 삼촌 곁에 있어야 서로에게 힘이 되고 의지가 될 것이다.

숲속으로 깊이 들어갈수록 가시나무가 성가시게 길을 막았다. 양들이 돌아다니면서 풀은 죄다 먹어치운다고 해서 큰 나무를 제외하면 나지막한 가시나무 따위는 없을 줄 알았다.

겨우 가시나무를 피해서 걷는데, 나뭇잎이 무성한 숲은 점점 어두워져갔다. 불길한 예감이 등골을 써늘하게 했지만, 걸음을 멈출 수는 없었다. 어스름이 깔린 덤불숲에서 괴상한 소리가 들려왔다.

"삼촌, 무슨 소리예요?"

"쉿!"

삼촌이 내 어깨를 누르며 나무 뒤에 주저앉혔다. 머리끝이 쭈뼛거리고 오금이 저렸다.

"여기서 꼼짝도 하지 마라."

삼촌은 칸이 다시 짖어대는 소리를 향해 한껏 몸을 낮추고 전진했다. 삼촌이 꼼짝하지 말라고 했지만, 어쩌면 삼촌 혼자서 더 위험할 수 있었다. 무슨 짐승이 나타났는지 알지도 못하는데…….

어느덧 삼촌의 모습이 숲속으로 사라져갔다. 나는 조바심이 나서 마냥 기다리고 있을 수 없었다. 삼촌이 걸어간 방향을 향해 몸을 낮추고 조심조심 걸었다. 마치 온갖 사나운 짐승들과 함정이 도사리고 있는 낯선 정글을 탐험하는 공포 분위기였다.

칸의 울음소리가 숲속에 울려 퍼졌다가 또 잦아들었다.

'이 숲에서 무슨 일이 벌어지고 있는 거야!'

온갖 상상이 한꺼번에 떠올랐다. 부스럭거리는 소리가 들려왔다. 점점 거칠게 부스럭거리는 소리에 정신이 아찔했다.

"삼촌! 삼촌!"

나는 두려움을 견디지 못하고 삼촌을 불렀다. 차라리 삼촌과 함께 있는 게 나을 텐데. 곧이어 괴상한 소리가 화답을 했다.

"크윽! 크르르릉……!"

처음 들어보는 괴성이었다. 나는 그만 땅바닥에 주저앉고 말았다. 괴성은 점점 가까이서 들려오고, 조금 멀리 떨어진 곳에서 칸이 앙칼지게 짖는 소리가 들려왔다. 직감적으로 위험이 내게 닥쳤다는 걸 깨달았다. 뒤돌아서서 무작정 덤불을 헤치며 뛰기 시작했다.

이때 뒤에서 급하게 공기를 가르며 돌진해오는 신호가 본능적으로 느껴졌다. 뒤돌아보는 순간, 시커멓고 덩치 큰 짐승이 나를 향해 돌진해오고 있었다.

"삼촌!"

나는 비명을 지르며 칡넝쿨에 걸려 쓰러졌다. 그 순간, 바람보다 더 빨리 빛의 속도로 칸이 나타났다. 내게 덤벼들던 짐승이 칸을 향해 방향을 바꾸었다. 도망치고 싶었지만 다리가 후들거려서 일어설 수가 없었다. 칸을 도와줄 용기도 나지 않았다. 겨우 엉금엉금 기어서 덤불 사이에 숨었다. 검고 덩치가 큰 짐승이 칸과 한데 뒤엉켜 서로 '크르릉'대며 전투를 벌이는 모습만 슬쩍슬쩍 훔쳐보며 오들오들 떨었다.

"준서야!"

삼촌의 목소리가 아득하게 들려왔다.

"무슨 일 있냐? 들었으면…… 대답해."

목소리는 점점 가까워졌다. 그러나 입이 떨어지지 않았다. 숨죽인 채 이 절박한 시간이 지나가기만을 기도했다. 어느 순간 사방이 조용했다. 부스럭거리는 소리가 들려왔다.

"준서야!"

삼촌 목소리에 겨우 정신을 가다듬었다. 삼촌이 저편에서 걸어오고 있었다.

"무슨 일이냐?"

"칸, 칸이…… 어디 있어요? 칸이…… 죽으면 어떡해요?"

"정신 좀 차려라. 칸이 어떻게 된 거야? 멧돼지가 이쪽으로 온 거야?

칸은 어디 있어? 칸!"

칸과 싸운 짐승이 멧돼지였던 것이다. 칸이 자기보다 덩치가 크고 험악하게 생긴 멧돼지와 맞붙어 싸웠는데 무사할 수 있을까? 삼촌은 다시 숲속으로 들어갔다. 좀 떨어진 곳에서 휘파람 소리가 들려왔다. 한참 후에 돌아온 삼촌의 품에 칸이 안겨 있었다.

"칸! 괜찮아, 응?"

나는 단숨에 뛰어갔다.

"칸 데리고 가서 치료해야 돼."

칸의 상태가 심상치 않았다. 곳곳에 털이 숭숭 뽑히고 피가 흥건하게 젖었다. 칸은 정신을 차리지 못하고 눈을 감은 채 끙끙 앓는 소리를 내었다. 순간, 온몸이 벌벌 떨리고 뜨거운 눈물이 솟구쳤다.

"너는 칸 데리고 가서 약 발라주고 붕대 매줘라. 난 빨리 가축들을 축사에 몰아넣어야 해."

나는 칸을 받아 안고 정신없이 걸었다. 바람보다 더 빨리 쌩쌩 달리던 칸! 다정하고 영특하고, 그리고 유기견으로 버려졌던 불쌍한 칸이 상처투성이로 내 품에서 온몸을 떨면서 앓고 있었다. 나는 부리나케 오두막으로 돌아와 약상자를 찾았다. 나뭇가지에 긁히거나 수탉한테 공격을 당할 때 상처가 나면 바르던 빨간 물약으로 피가 젖어 있는 데를 찾아 바르고, 연고도 살뜰하게 발랐다. 병균이 침입하지 못하게 붕대로 감아놓을 때까지 칸은 반항 한 번 하지 않았다.

"칸, 많이 아프지?"

칸은 방바닥에 쓰러진 채로 눈을 감고 있었다. 혹시라도 칸이 죽을까 봐 자꾸만 가슴이 벌렁거리고 손끝이 떨렸다. 당장이라도 동물 병원에 데려가야 하는데……. 삼촌은 지금 양과 닭을 축사에 몰아넣고 있을 것이다.

칸이 걱정되었지만 마냥 기다리고 있을 수가 없었다.

"칸, 잠깐만 기다려. 곧 돌아오게."

밖에 나가자 삼촌이 양을 몰고 축사 쪽으로 내려오고 있었다. 사방으로 흩어져 있던 양들도 언덕을 내려오면서 허겁지겁 축사 안으로 들어갔다.

"난 닭장에 가봐야 해! 네가 뒤처리하고 문 꼭 닫아라."

삼촌이 닭 축사를 향해 뛰어갔다. 농장의 이런 급박한 상황에도 한갓지게 얼쩡대며 한눈을 팔고 있는 녀석들도 있었다.

"야, 위험하단 말이야! 빨랑 들어가!"

내 말에는 아랑곳하지 않던 양들이 긴 막대기를 잡고 휘두르자 그제야 축사 안으로 들어갔다. 양들을 다 몰아넣고 축사 문을 잠근 후에, 닭들이 있는 축사 쪽으로 뛰었다. 언덕 위로 올라가자 닭들이 사방팔방으로 흩어져서 울부짖으며 난리법석을 떨었다. 짧은 날개로 푸드덕 날아보지만 풀썩 주저앉았다가 이내 뛰어가는 녀석들. 풀숲에 들어가서 고개를 처박고 죽은 듯이 가만히 있는 녀석들. 무리지어 주위를 빙글빙글 돌아다니는 녀석들.

"구구구구구."

삼촌이 땀을 뻘뻘 흘리면서 닭들을 축사 쪽으로 몰아넣고 있었다. 그래도 닭들은 제멋대로 우왕좌왕하면서 돌아다녔다. 어떻게 하면 이 닭들을 얼른 축사로 몰아넣을까 생각하다가 번쩍 떠오르는 게 있었다.

"삼촌, 축사 안에 사료를 뿌려놓으면 제 발로 들어올 거 아니에요?"

"아 참, 그 방법이 있었네! 너무 정신이 없어서……."

삼촌과 함께 사료 포대를 들고 축사 안으로 들어갔다. 사료를 여기저기 뿌려놓자, 그제야 녀석들도 떼 지어 우르르 들어왔다. 나는 녀석들이 또 나가기 전에 축사 문을 닫았다.

"아, 무녀리들! 삼촌 무녀리들한테 가봐야겠어요."

무녀리들 중에서도 귀요미가 맨 먼저 떠올랐다. 녀석이 얼마나 놀랐을까? 무사하기나 할까? 무녀리들의 보금자리는 평소에도 문을 닫아두었다. 수탉들이 쳐들어가서 사료를 빼앗아 먹고 괴롭힐까 봐. 간혹 그물 밑으로 몰래 빠져나가는 녀석들도 있지만, 대부분은 겁이 많은 녀석들이라 닭장 안에서만 맴돌았다.

"귀욤아, 어디 있니?"

나는 귀요미를 찾으려고 불렀다. 그러자 귀요미 대신에 삼촌이 먼저 나를 찾았다.

"창고 선반에 라이터와 토치 빨리 가져와라. 불 놓아야겠다."

내가 라이터와 토치를 찾아들고 가자, 삼촌은 그새 부러지거나 반쯤은 썩은 나뭇조각을 가득 모아놓았다. 나도 삼촌을 거들어 숲 근처에서 닥치는 대로 나뭇조각과 생나무 가지도 부러뜨려서 한곳에 켜켜이 쌓았다.

삼촌이 불을 지폈다. 시뻘건 불길과 검은 연기가 하늘 위로 피어올랐다가 사방으로 퍼져나갔다.

"숲속에는 위험하니까 들어가지 말고 주위에 둘러보면 나뭇조각들이 많을 거야."

"이걸로는 부족해요?"

"멧돼지들은 떼로 몰려다녀서 여러 군데 피워 놓아야지 달아나거든."

불을 여러 군데 막 피어올리고 있는데 삼촌이 풀썩 주저앉았다.

"불 뒤에 가서 엎드려라."

"……."

"저기 멧돼지가 또 나타났어!"

삼촌을 따라서 모닥불 뒤로 가서 엎드렸다. 8월의 땡볕 아래서 모닥불 가까이에 엎드려 있으려니까 마치 뜨거운 물을 끼얹는 것 같이 뜨끈뜨끈했다. 왜 나한테 이런 위험이 닥쳤을까? 삼촌 농장에 오지 않았으면 이런 위험에 빠지지도 않았을 텐데……. 잠시 숨을 돌리자니까 이런 상황이 화나고 짜증스러웠다.

삼촌이 옆구리를 툭툭 치면서 손가락으로 숲을 가리켰다. 시커먼 덩치 세 마리가 꿈틀거렸다. 한 녀석은 덩치가 크고, 두 녀석은 작았다.

"불을 피워놓으니까 가까이 접근 못하네."

"이젠 어떡해요?"

"멀리 사라질 때까지 지켜보자. 더는 큰일이 일어나지 않았으면 좋겠구나."

삼촌은 멧돼지 가족이 다시 농장을 습격해도 막아낼 자신이 없어 보였다. 삼촌과 나는 숨죽인 채 멧돼지가 사라지기만 빌고 또 빌었다. 멧돼지가 보이지 않고 나서도 한참 동안 꿈쩍도 안 하고 기다렸다.

"조용한 걸 보니까 이제 갔나 보네. 불씨가 남아 있으면 불이 번질 위험이 있으니까 끄고 가자."

삼촌이 먼저 일어났다. 삼촌 무릎에서 피가 났지만 개의치 않았다.

"칸은 어떠냐? 죽지는 않겠지?"

삼촌이 제정신이 드는지 칸 상태를 물었다.

"여기저기 많이 물어뜯겼어요. 목덜미도 물렸던데요."

"죽을힘을 다해 싸웠겠구나."

생솔가지로 불길을 내리치는 삼촌의 손길이 바빠졌다. 재가 휘날리고 연기가 눈과 코를 덮쳤지만 나는 꾹 참고 삼촌과 함께 생솔가지로 불길을 잡았다. 불길이 다 잡혔는데도 연기가 곳곳에서 한 줄기씩 피어올랐다.

"난 칸 보러 갈 테니까 불씨가 살아나지 못하게 물을 부어라."

삼촌이 마음이 급한지 오두막을 향해 뛰어갔다. 나는 멧돼지들이 몰려올까 봐 겁이 났지만 이대로 도망칠 수도 없었다. 불씨가 다시 살아나면 농장과 산을 다 태울지도 몰랐다. 그러면 더 감당할 수 없는 사고가 일어날 건 뻔했다. 호스를 끌어당겨 연기가 피어오르는 잿더미에 물을 흠뻑 뿌렸다.

불을 다 끄고 나서야 주위를 둘러보았다. 닭 몇 마리가 태평하게 돌아다녔지만 서둘러 오두막으로 내려왔다. 삼촌이 보이지 않았다. 칸도 트럭도 없었다. 읍내 동물 병원에 데리고 간 것 같았다.

나는 한동안 허겁지겁 뛰느라 온몸이 땀과 재로 뒤범벅이 되었다.

목욕을 하고 나서도 농장을 둘러볼 용기가 나지 않았다. 어딘가에 멧돼지 가족이 숨어서 나를 노리고 덤벼들면 대책이 없었다.

"오빠, 오빠 있어?"

슬기가 찾아왔다.

"오빠네 농장에는 멧돼지 안 왔어?"

"너희 집에도 멧돼지가 나타난 거야?"

슬기는 고개를 세차게 주억거렸다. 자기 딴에도 몹시 놀란 듯 땀으로 흠뻑 젖은 얼굴이 벌겋게 달아올랐다.

"우리 밭은 엉망이 됐어. 다 휘저어놓았어. 지금 아랫동네까지 난리 났어. 멧돼지가 나타나면 대낮에도 마음 놓고 못 다닌다고."

"근데 넌 겁도 없이 다니냐? 멧돼지한테 당하면 어쩌려고?"

"아저씨가 칸이 다쳤다고 동물 병원 간다면서 급하게 가더라고. 오빠 혼자 있다며 걱정해서 와본 거야. 괜찮으니까 난 갈게."

걱정이 되어서 찾아온 슬기를 혼자 가게 하는 게 마음에 걸렸다. 나도 멧돼지가 무서운데 슬기를 데려다주고 혼자 돌아올 용기가 나지 않았다.

"혼자 가다가 멧돼지가 나타나면 어쩌려고? 네 아빠한테 전화해서 데리러 오라고 해?"

"시골에 살면서 멧돼지 무섭다고 꼼짝도 못하면 어떡해! 괜찮아."

슬기가 뒤돌아서서 갔다. 내 말대로 아빠한테 전화하면 될 텐데, 고집을 부렸다.

"네 아빠한테 데리러 오라고 전화하라니까!"

"아빠가 지금 집에 없으니까 그렇지. 동네 멧돼지 나타났다고 전화했는데도 면에 나가서 볼일 다 보고 좀 전에 들어온다고 연락 왔어. 아직 도착 안 했을 거야."

슬기를 혼자 가게 내버려두자니 괜히 마음이 찜찜했다. 집에 혼자 있는 것도 좀 무섭기도 하고. 나는 망설임 끝에 슬기와 같이 나서기로 했다. 삼촌을 기다리든지 아니면 슬기 아빠한테 차를 태워달라고 부탁해서 돌아오려고 마음먹었다.

"같이 가."

나는 슬기를 따라나섰다. 슬기도 기분이 좋은지 힘차게 걸었다. 그러나 나는 어디서 멧돼지 패거리가 나타날지 몰라 주위를 두리번거리면서 걸었다.

슬기네 포도 농장 가까이 다가가자 할머니가 잔뜩 화가 나 있었다.

"넌 멧돼지가 나타났는데 어딜 싸돌아다니냐, 응! 다 큰 계집애가 겁도 없이……."

왠지 슬기가 돌아오면 혼내주려고 벼르고 있던 말투였다. 그러니까 내가 잘못을 한 것처럼 괜스레 얼굴이 붉어졌다.

"할머니, 오빠가 나 바래다줬어. 멧돼지 때문에 위험하다고."

슬기는 할머니의 잔소리에도 아랑곳없이 자랑스럽게 떠벌렸다.

"그러니까 위험한데 왜 돌아다니냐? 농장 개도 다쳐서 병원에 가는데……. 아이고, 농장 조카가 애썼구먼. 고마워."

나는 이 자리를 피하고 싶어 고개를 꾸벅 숙이고 뒤돌아섰다. 멧돼지보다 할머니의 야단이 더 불편하게 느껴졌다. 돌아서서 가는데 뒤에서 슬기가 불렀다.

"오빠, 잠깐만 기다려. 아빠가 곧 도착할 거니까 농장에 데려다달라
면 되잖아. 멧돼지 나타나면 오빠 혼자 감당이 되겠어?"

나를 무시하는 것 같아 용감하다는 걸 보여주고 싶었다. 하지만 발
길이 좀처럼 떨어지지 않아서 포도나무 밭 앞에 서서 슬기 아빠를 기
다렸다. 슬기 엄마와 할머니가 건너편에 있는 고구마 밭을 멧돼지들이
다 파먹었다면서 욕하는 소리가 들려왔다.

"우리 집보다 농장 가축들 때문에 더 걱정이야. 오빠가 삼촌 도와서
가축들 지켜줘야 할 것 같아."

슬기가 마치 어른처럼 말했다. 뭔 상관이래! 자기 할머니 닮아서 온
동네 걱정을 다 하고 있었다.

"아빠다! 아빠."

뿌연 먼지를 일으키면서 트럭이 포도나무 밭 앞에서 섰다. 슬기가
달려가서 뭐라고 말을 건네고는 내게 손짓을 했다.

"오빠, 데려다줘서 고마워."

나는 슬기 아빠 트럭에 올라탔다. 슬기가 손을 흔들면서 "멧돼지한
테 안 잡아먹히게 조심해!"라면서 너스레를 떨었다. 슬기 아빠가 무엇
이 재미있는지 웃었다. 나는 기분이 별로인데. 칸은 어떻게 되었을까?
걱정이 머리에서 떠나지 않았다.

삼촌은 어둑어둑해서야 혼자 돌아왔다.

"칸은 어떻게 되었어요?"

"많이 다쳐서 당분간 입원해 있어야 된대. 상처가 깊어서 덧날까 봐 걱정이야."

삼촌은 몹시 시무룩한 얼굴이었다. 칸이 다쳐서 속상하기도 하지만 멧돼지의 출몰이 삼촌의 농장을 위험에 빠뜨렸기 때문이다.

"삼촌, 칸 돌아올 때까지 내가 양몰이를 할게요."

나를 구하려고 멧돼지와 전투를 치른 칸! 칸에게 조금이라도 보답을 할 차례다. 칸이 나를 위해 위험을 무릅쓰고 싸워줬는데, 나도 용기를 내어 칸이 한 일을 대신하고 싶었다.

멧돼지가 사라졌지만 언제 또 습격을 받을까 봐 삼촌과 나는 좀처럼 잠들 수가 없었다. 나는 이리 뒹굴 저리 뒹굴 하면서도 밖을 향해 귀를 쫑긋 세웠다.

"안 자냐? 아까 숲에서 멧돼지 만나 많이 놀랐지? 내일 아빠한테 너 집에 데리고 가라고 전화해줄까?"

"아뇨. 전화하지 마세요. 칸이 다 나아서 돌아올 때까지 농장에 남고 싶어요."

"오늘 많이 겁먹을 것 같아서……. 여기 있기 무섭지 않아?"

"좀 무섭기는 하지만 삼촌이랑 같이 있으면 괜찮아요. 칸도 없는데……."

삼촌이 피식 웃었다.

"넌 어릴 적에도 그랬어. 너 기억 나냐? 삼촌이 너 데리고 둘이서만 과천에 있는 어린이 대공원에 갔다가 밤늦게 들어가서 네 엄마 아빠가 찾는다고 난리가 났잖아?"

나는 기억을 더듬었다. 어렴풋이 삼촌과 어린이 대공원에서 동물원을 돌아다니면서 아이스크림도 사 먹고, 사자랑 오랑우탄을 본 장면도 떠올랐다. 그동안 까마득히 잊고 있었다.

"삼촌, 내가 몇 살 때였어요?"

"일 학년 때지. 입학하고 학교가 재미없다며 안 가겠다고 떼를 쓰니까 네 엄마가 나한테 교실까지 들여보내달라고 부탁했지. 형수님도 출근해야 되는데, 네가 워낙 울고불고 난리를 쳐서 내가 데리고 갔어. 네가 삼촌이랑은 가겠다고 해서. 그런데 학교 앞에서는 아예 주저앉고 떼를 쓰는데 어쩔 도리가 없더라고."

"그래서요? 어린이 대공원에 그날 간 거예요?"

"학교 안 가고 뭐 하고 싶으냐니까, 아빠랑 엄마랑 일요일에 어린이 대공원에 가기로 약속해놓고 안 갔다면서 서럽게 울더라고. 쥐방울만 한 녀석이 어깨를 들썩이며 어찌나 서럽게 울던지 욕먹을 줄 알면서도, 하나밖에 없는 조카를 위해서 대공원에 갔지."

"삼촌은 우리와 함께 산 것도 아니잖아요?"

"그때 네 아빠한테 돈 꾸러 갔다가 널 떠맡았어. 버스를 두 번이나 갈아타고 과천 대공원에 찾아갔는데, 동물원 다니면서 신기한 동물들이 많으니까 넌 마냥 좋아하더라. 나는 나중에 닥칠 일을 생각하니까 걱정이 이만저만 아닌데……. 대공원에 안 가고 학교 갔다고 엄마 아빠한테 말하라고 손가락 걸고 약속해놓고는 네가 먼저 까발렸어. 해가 져도 집에 오지 않으니까 네 엄마가 찾아다니고, 결국은 늦게 들어가서 들통이 난 거지."

"그래서 어떻게 됐어요?"

"기억 안 나? 나만 엄청 욕먹었지. 욕을 어찌나 많이 먹었는지 저녁밥을 안 먹어도 배가 부르더라. 근데 너는 하루 종일 굶었다고 정신없이 퍼먹고. 아유, 그때 생각하면 나만 바보가 된 것 같고 서럽더라. 이렇게 살아서는 안 되겠다고 마음을 굳게 먹었어. 네 아빠한테 돈 좀 꿔서 배 타러 동해로 갔어."

"삼촌도 내 덕분에 동물원 구경 잘했잖아요?"

내 말에 삼촌이 어처구니없다는 듯 헛웃음을 쳤다.

"서른 살이 넘은 내가 동물원에 가서 신기해할 나이냐! 다 너 때문에 갔지. 그래도 너랑 둘이서 아이스크림 먹고 쥐포 먹으면서 돌아다닌 게 가끔 떠오르더라."

삼촌은 그때 야단을 맞아놓고는 지금은 그래도 좋은 추억으로 기억하고 있었다.

"난 왜 까마득히 몰랐을까? 삼촌이 얘기하니까 새록새록 떠오르네요."

"야 인마, 넌 아직 중학생인데 벌써 옛날을 그리워하면 어떡하냐! 옛날 추억을 떠올리는 건 나이 먹은 사람들의 습성이야. 중학생이 된 너를 오랜만에 만났는데, 네가 되게 서먹서먹해하면서 피하더라. 머리 컸다고 그러니까 나도 어색하고."

"오랜만에 보니까 낯설어서 그렇죠."

문득, 어릴 적에 내 모습은 내 마음은 어땠을까 돌이켜보았다. 그때는 학교 성적은 별로 중요하지 않고, 친구들과 어울려 노는 게 가장 신났다. 학원에 가기 싫어도 아파트 놀이터에 모여 놀다가 돌아가도 엄마한테 야단 한 번 맞으면 그만이었다. 엄마 아빠도 세상에서 가장 똑똑하고, 훌륭하고, 더없이 다정한 사람들이었다.

어느새 삼촌의 코 고는 소리가 천장에 둔탁하게 울렸다. 오늘은 유난히 잠들 수 없는 밤이었다.

10. 잃어버린 양 한 마리

"휘리릭- 휘리릭-."

휘파람을 불자 양 떼가 축사에서 몰려나왔다. 나는 양들이 옆길로 새지 못하게 앞서가면서 긴 막대기로 선을 그었다. 그러거나 말거나 양들은 엉덩이를 뒤뚱거리면서 내 앞을 가로질러 우르르 몰려 올라갔다. 스스로 길을 찾아가는 게 기특했다.

양 떼가 알아서 잘 올라갈 거라고 잠시 방심을 하고 있는데, 한 녀석이 옆길로 새는 게 아닌가.

"야, 이리 와! 휘리릭-."

나는 놀라서 소리를 지르고 휘파람을 불었다. 그러자 다른 양들까지 방향을 바꾸어 녀석의 뒤를 쭐레쭐레 따라가는 게 아닌가. 나는 놀라서 긴 막대기를 휘두르며 뛰어갔다. 양들이 갑자기 무리 지어 뛰기 시작했다. 가슴이 철렁했다. 이러다가 양들이 다 도망가면 어떡하나!

멧돼지가 또 찾아올까 봐서 이 더운 여름날에 사흘 동안 축사에 가둬놓고 사료만 줬다. 늘 언덕 위나 숲속을 마음대로 돌아다니다 갇혀 있으니까 갑갑했을 것이다. 시도 때도 없이 '매- 매-.' 아우성을 쳤다.

삼촌이 사료를 사올 겸 칸이 있는 동물 병원에 들렀다 온다고 외출을 한 틈에, 양들에게 자유를 주고 싶었던 것이다.

양들이 멀리 달아나지 못하게 휘파람을 불고 소리를 지르고, 긴 막대기로 휘휘 저으면서 이리 뛰고 저리 뛰었지만 양들은 잘도 피해 다녔다. 칸이 양몰이를 할 때처럼 뛰어다니면서 한곳으로 모으려고 해도 소용이 없었다. 이미 칸이나 삼촌한테 길들여진 녀석들은 나를 무시하듯 제멋대로였다. 이럴 줄 알았으면 그냥 축사에 가둬두는 건데.

나는 사방으로 흩어지는 양들을 쫓아다니느라 제풀에 지쳐서 풀썩 주저앉고 말았다. 울고만 싶었다. 내가 감당할 수 있는 능력 밖의 일이 란 걸 깨달았다. 그런데 양 떼도 걸음을 멈추고는 가만히 서 있었다. 내가 쓸데없이 장대를 휘두르며 겁을 준 걸까. 아니면 내가 폭력을 휘 두르는 줄 알고 미리 반항을 한 걸까 헷갈렸다.

나는 손에 쥔 막대기를 멀리 던졌다. 양 떼는 어느새 저희들끼리 줄 지어 들판에서 둥글게 원을 그리며 뛰었다. 개중에는 멀리 뛰어갔다가 다시 돌아오기도 하고, 한가롭게 거닐기도 했다.

"숲으로 올라가야 맛있는 풀을 먹지."

나는 다시 정신을 차리고 휘파람을 불어서 풀을 뜯어 먹을 수 있는 숲으로 내몰았다. 아까보다는 훨씬 수월하게 내 말을 따라주었다. 괜 히 혼자서 어릿광대짓을 한 꼴이 되었다. 평온한 양 떼를 확인한 후에 야 한결 마음이 느긋했다.

칸이 있었으면 알아서 양들을 데리고 다녔을 텐데. 그 존재가 특별 하게 느껴졌다. 그런 칸이 피서 때 바닷가에 버려진 유기견이었다니.

칸은 저 혼자서도 양몰이를 할 수 있는 아주 똑똑하고 용감하고 의리 있는 녀석인데……. 칸이 삼촌과 만난 건 행운이었는지도 몰랐다. 삼촌이 칸의 능력을 일깨워주고, 넓은 초원에서 양 떼를 이끌며 마음껏 뛰어다닐 수 있는 기회를 주었다. 칸도 외롭게 떠돌이 생활을 하는 삼촌에게 아버지의 땅으로 돌아올 마음을 가지게 한 동기가 되었다. 어쩌면 삼촌은 벌써 할아버지의 품으로 돌아오고 싶어서 열심히 일했는지도 몰랐다. 그리고 보면 삼촌과 칸은 서로에게 좋은 인연이었다.

'아빠가 일부러 나를 여기에 보낸 건가?'

여름방학 동안 삼촌의 동물 농장에 일방적으로 보낸 엄마 아빠가 원망스럽고 짜증이 났는데, 새삼 여기가 할아버지의 땅이란 게 소중하게 느껴졌다.

양들이 풀을 뜯는 모습을 가만히 지켜보다가 닭 축사로 갔다. 닭 축사도 멧돼지가 나타난 날부터 문을 잠그고, 아침저녁으로 사료만 듬뿍 주었다. 물론 물통에 하루 두 번씩 깨끗한 지하수를 갈아주지만, 삼천 마리 가까이 되는 닭이 대가리를 쑤셔 박으면 금방 더러워졌다. 그렇다고 일일이 살펴볼 수도 없고.

그런데 뭔가 이상한 기운이 감돌았다. 닭들이 비실비실했다. 더워서일까. 멧돼지 가족의 갑작스런 습격에 놀라서 그럴까. 그러나 닭 축사까지 개방해줄 용기는 나지 않았다. 양 떼를 축사 밖으로 데리고 나왔다가 돌발적인 상황이 일어났는데, 두 번 다시 혼자서는 감당해낼 자신이 없었다.

얼음물처럼 차고 맑은 지하수를 호스로 축사에 뿌렸다. 닭들이 물을 흠뻑 뒤집어쓰고는 마치 물속에서 헤엄을 치듯이 날개를 파닥거렸다. 물방울이 사방으로 튀면서 축사에 더운 기운이 한결 가셨다.

그래도 나올 때는 문을 닫았다. 삼촌이 돌아오면 함께 지키면서 풀어놓을 수밖에 없었다. 다시 무녀리들의 닭장으로 갔다. 무녀리들은 작은 닭장 안에서도 마음껏 뛰어다닐 수 있을 만큼 씩씩했다. 오히려 큰 닭들한테 치이지 않으니까 저희들끼리 옹기종기 모여서 날개를 파닥이며 장난질을 쳤다.

내가 들어가자 녀석들이 내 주위로 종종거리며 몰려들었다. 다른 녀석들도 귀요미처럼 내 장화를 짧은 부리로 톡톡 치고, 튀어 나온 장화 목을 횃대로 생각하는지 날아오르려고 파닥거리다가 툭 떨어졌다.

"야, 이러다가 거인 발에 밟히면 죽어! 겁도 없이……."

한 발자국씩 뗄 때마다 녀석들이 달려들어 도무지 마음대로 움직일 수가 없었다. 어쩌다 실수로 한 발만 잘못 디디면 녀석들의 작은 몸뚱이가 밟힐까 봐 다리에 쥐가 날 지경이었다. 활기찬 무녀리들을 보면 기분이 좋다가도 여간 성가신 게 아니었다.

무녀리들한테도 시원한 목욕을 시켜주고 싶어서 물을 뿌려주었다. 지하수는 한여름이라도 얼음물처럼 차가워서 녀석들은 놀라서 물이 닿으면 달아나기 바빴다. 한결 생기가 도는 무녀리들을 한번 둘러보고는 문을 꼭 닫았다.

칸은 많이 회복되었을까? 무더운 여름이어서 상처가 덧날까 걱정된다는 삼촌의 말이 떠올랐다. 병원 의사 선생님이 어련히 알아서 잘 챙겨줄까 하면서도 자꾸만 마음 한구석이 짓눌렸다. 삼촌을 졸라서라도 칸을 보러 가고 싶었다.

한갓지게 닭 축사를 둘러보고 시원한 물도 뿌려주고 나니까 양 떼가 잘 있나 걱정이 되었다. 누군가를 내 힘으로 돌보자니 스스로 만든 의무감 때문인지 귀찮기도 했다.

양 떼가 있는 숲으로 올라갔다. 멀리서 보아도 서로 모여서 유유히 풀을 뜯고 있었다. 내가 가까이 다가가도 양들은 도망치지 않고, 경계도 하지 않았다. 자연은 참 대단한 능력을 가졌다. 양 떼가 날마다 올라와서 풀을 뜯어 먹는데도 쑥쑥 자라났다. 물론 언덕이나 숲속을 옮겨 다니면서 풀이 자랄 여유를 두지만, 며칠 만에 돌아오면 또 양 떼의 먹이는 풍요로웠다.

나는 조금 쉬었다 내려가기로 마음을 바꾸고 나무 그늘을 찾아 앉았다. 양 떼가 풀을 뜯는 모습을 느긋하게 지켜보자니까 내가 양치기가 된 기분이다. 양치기가 뭐 따로 있나. 처음 왔을 때, 양 떼의 모습을 보고 지저분하고 조금은 사납게 보여서 기겁을 했는데…… 이제 날마다 이 농장에서 자연스럽게 보는 풍경이 되었다. 문득, 양들이 다 있나 의문이 들었다. 손가락으로 짚어가며 한 마리씩 세어보았다. 다 세어본 것 같은데 한 마리가 모자랐다.

'내가 잘못 세었나?'

다시 세고 또 세었다. 역시나 49마리였다. 한 마리가 어디로 갔을까?

나는 휘파람을 불었다. 내 휘파람 소리를 듣고 돌아오라고. 그러나 여러 번 휘파람을 불어도 아무런 움직임이 보이지 않았다. 언덕 아래를 보아도 숲 근처를 찾아보아도 사라진 양 한 마리는 없었다. 혼자서 숲속으로 들어갔나? 숲속을 향해 휘파람을 불었지만 아무런 기척이 없었다.

"어딜 가나 튀는 녀석이 꼭 하나는 있다니까!"

나는 잃어버린 양이 내 앞에 있는 것처럼 투덜댔다. 사방을 둘러보며 숲속으로 들어가는데, 바로 앞에서 "꺄악" 소리가 나면서 무엇인가 푸드덕 날아올랐다. 어찌나 놀랐던지 뒤로 벌렁 넘어져 엉덩방아를 찧었다. 나는 그제야 꿩이 숨어 있다가 제풀에 놀라서 달아났다는 걸 알았다.

여기저기 들쑤시고 다니다가 이윽고 큰 나무 사이에 가만히 서 있는 양을 만났다. 녀석은 한동안 나를 물끄러미 보고 있었다.

"양순아, 이리 와! 이리 와!"

나는 손짓을 하면서 불렀다. 그런데도 녀석은 멀뚱히 보고 있기만 했다. 휘파람을 불었다. 양이 순해 보여도 은근히 고집불통이라는 삼촌의 말이 떠올랐다. 나는 녀석이 놀라지 않게 가만가만 가까이 다가갔다. 그러나 몇 미터 앞에 두고 녀석은 붙잡히지 않으려고 달아났다.

"어어, 야, 어디 가!"

나도 녀석의 돌발 행동에 놀라서 뒤따라가며 소리쳤다. 그러나 녀석의 뛰는 속도는 점점 빨라지고, 나는 사방으로 뻗어 있는 잔가지에 걸려 자꾸만 느려졌다. 잠시 여유를 즐겼던 초원의 낭만은 연기처럼 사라져버리고, 잃어버린 양을 뒤쫓아 헐레벌떡 뛰었다.

"양순아, 양순아."

나는 삼촌이 양 떼를 부르듯이 "양순아! 돌아와." 하면서 처량하게 불렀다. 양 한 마리를 잃어버리면 삼촌한테 뭐라고 하지? 삼촌이 문을 닫아놓았는데, 허락도 없이 내가 풀어준 꼴이 되었다.

덤불에 걸려 헤쳐 나오려고 아등바등하는 사이에 양은 내 눈앞에서 사라졌다. 나는 급한 마음에 또 휘파람을 불었다. 그러자 갑자기 나뭇잎 속에서 새 떼가 후르르 날아올랐다. 나는 화들짝 놀라서 주저앉았다. 순간, 멧돼지가 나타났는가 하고 등골이 오싹했다.

"대체 어디 간 거야!"

나는 날아가는 새를 보면서 소리쳤다. 내가 새라면 높이 날아올라 숲속을 훤히 들여다볼 수 있을 텐데. 이럴 때 사람은 바로 눈앞이나 겨우 주위만 볼 수 있는 좁은 눈을 가진 게 갑갑했다.

양이 나를 약 올리면서 가지고 노는 것 같아 은근히 화가 났다. 그렇다고 그냥 두고 갈 수도 없는 노릇이었다. 안 그래도 칸이 다쳐서 삼촌이 속상해하고 있는데, 양마저 잃어버릴 수는 없었다.

"넌 내 손안에 있어!"

나는 양이 숨어서 듣기라도 하는 것처럼 손바닥을 내밀면서 큰 소리쳤다. 소나무 숲은 무성한 잎에 하늘이 가려져 낮인데도 조금은 어두웠다. 하지만 덤불도 잔가지도 없어서 돌아다니기에는 거치적거리는 게 없어서 다행이었다.

"양순아! 양순아! 어디 있니?"

양순이를 부르면서 또 휘파람을 불었다. 그런데도 녀석은 모습조차 보이지 않고 어딘가에 꽁꽁 숨어버렸다. 어두침침한 숲속에 혼자 덜렁 있으려니까 막막했다. 이대로 돌아가고 싶었다. 남아 있는 양들도 걱정되고, 혼자서 멧돼지라도 만날까 봐 더럭 겁이 났다.

막연히 주위를 두리번거리고 있는데 부스럭거리는 소리가 나더니 소나무 뒤에서 고라니 두 마리가 툭 튀어 나왔다. 아직 어린 고라니가 무심한 눈빛으로 멀거니 보고 있는 게 아닌가. 새끼가 있으면 어미도 있을 것 같아서 큰 소나무 뒤에 숨었다. 고라니 뒷발질에 차이면 최소한 중상이라는 삼촌 말이 떠올랐던 것이다.

그러나 어미는 보이지 않고 한동안 멀거니 보던 새끼들은 뒤돌아서서 멀어져 갔다. 부모한테서 독립을 한 새끼들인 것 같았다.

"매- 매-." 소리가 아득히 들려왔다. 순간, 귀를 쫑긋 세우고 소리가 나는 방향을 찾으려고 애를 썼다. 양 울음소리가 숲 사이를 가르며 들려왔다 끊어졌다 되풀이했다. 나는 소리를 놓치지 않으려고 발자국 소리까지 죽이며 살금살금 다가갔다. 이번에 놓치면 더는 찾아다니지 않고 농장으로 돌아갈 마음을 먹었다.

울음소리가 나는 방향을 찾아가는데 어느 순간에 또 울음소리가 끊어졌다.

"휘리릭- 휘리릭-."

휘파람 소리를 들으면 양이 본능적으로 뛰어오지 않을까 한 가닥 희망을 가졌다. 그러나 농장에서는 통했던 휘파람이 숲속에서는 아무런 소용이 없었다. 기운도 빠지고 점점 희망이 사라져갔다.

얼마 동안 숲속을 헤매고 다녔는지도 몰랐다. 농장으로 돌아가고 싶은 마음이 간절했다. 그런데 길을 알 수가 없었다. 숲속에 혼자 덩그러니 남은 게 무섭기도 하고 처량하기도 했다. 이러다가 영영 찾아가지 못하면 어떻게 되는 걸까? 멧돼지라도 만난다면 꼼짝없이 당할 텐데. 갑작스레 죽음의 공포가 나를 사로잡았다. 그러니까 쉽사리 아무 데나 헤치고 나아갈 수가 없었다. 자칫 농장에서 더 멀리 깊은 숲속으로 들어가면 아무도 나를 찾아내지 못할 것이다.

숲속은 점점 어스름이 밀려들었다. 이러다 깜깜해지면 나는 어떻게 되는 걸까? 상상만 해도 몸이 부르르 떨려왔다. 일단 어두운 소나무 숲을 빠져나가 밝고 높은 지대를 찾아야 했다. 그래야 농장으로 돌아가는 방향을 찾을 수 있을 것이다. 나는 마음을 다잡고 빛이 희미하게 비치는 쪽으로 뛰어갔다.

문득, 걸음을 멈추었다. 짐승의 똥이 군데군데 보이고, 발자국이 지나다닌 자국이 있었다. 발자국을 따라 땅이 다져진 길이 쭉 이어졌다. 드디어 짐승이 다니는 길을 찾아냈다. 산에서 길을 잃어버리면 짐승이 다니던 길을 따라 걸으면 숲을 빠져나올 수 있다는 삼촌 말이 떠올랐던 것이다.

나는 경사가 아래로 나 있는 길을 따라 허겁지겁 걸었다. 숨 돌릴 틈도 없이 걷고 있는데 어디선가 나를 부르는 소리가 들릴 듯 말 듯 들려왔다.

"준서야, 준서야."

삼촌이 나를 찾고 있었다. 그러나 소리로 들어서는 아직 먼 곳이었다.

"삼촌! 삼촌! 길 잃었어요!"

나는 죽을힘을 다해 외쳤다. 세상에 태어나서 심장이 울리도록 소리를 내지른 건 처음이었다.

"준서야, 어디 있냐? 큰 소리로 말해!"

삼촌의 목소리가 바람을 타고 오는 것 같았다. 하지만 내 목소리는 바람에 실려 오히려 숲속 반대편으로 흘러가버렸다. 나는 소리를 거슬러 뛰고 또 뛰었다. 그제야 환영처럼 삼촌의 모습이 나타났다.

"삼촌!"

"어, 정말 숲속에 있었네! 왜 혼자 숲속에 들어갔냐? 아무리 찾아도 안 보여서 숲 근처에서 발견한 장대를 보고 혹시나 숲속으로 들어갔나 해서 와봤는데……."

"양이…… 저기 숲으로 도망쳐서…… 잡으려고 따라갔다가……."

나는 가슴이 떨려 말을 제대로 이어갈 수가 없었다.

"혼자 숲에 들어갔다가 길 잃어버리면 어쩌려고? 얼마나 위험한데……."

"금방 찾을 줄 알고…… 양을 쫓아가다가 보니까 점점 깊숙하게 들어갔나 봐요. 돌아오려는데 길을 잃어버렸어요."

"큰일 날 뻔했네! 혼자 오는 거 보니까 못 찾았구나. 몇 마리나?"

"한 마리요."

"가끔 말썽 부리는 녀석들이 있어. 그러다가 지 혼자 알아서 찾아오기도 하고……. 양은 왜 풀어놨냐?"

"답답할 것 같아서……."

삼촌이 한숨을 길게 내쉬었다. 어젯밤에 삼촌이 "아이고, 멧돼지가 나타날지 누가 알았겠냐! 인생이 내 뜻대로 다 되는 게 없으니." 하면서 한숨을 내쉬던 게 떠올랐다. 그런데 오늘 내가 일을 저지른 꼴이 되고 말았다. 내 딴에는 양들에게 넓은 초원에서 바람이라도 좀 쐬라고 한 일이었다. 그런데 안 하는 것보다 못한 결과가 생기고 말았다. 정말 인생이 내 뜻대로 흘러가지 않았다.

삼촌은 양 떼가 모여 있는 곳으로 와서 휘파람을 불었다. 양 떼가 우르르 몰려들어 삼촌 주위에 서 있었다.

"하나, 둘, 셋······."

삼촌이 양 머릿수를 세고 있었다. 더 없어졌을까 봐 가슴이 두근두근 조바심이 났다.

"딱 한 마리 없어졌네. 칸이 돌아오면 숲에 들어가서 한번 찾아보든가 하지 뭐."

삼촌은 양 떼를 축사에 넣고, 사온 사료 포대를 옮겨놓아야 한다고 서둘렀다.

"칸은 어때요?"

"아직은 두고 봐야지."

나는 지은 죄가 있어 사료 포대를 옮기는 걸 더 열심히 도왔다.

"삼촌, 나도 칸 보러 가고 싶어요."

"그래, 모레쯤 같이 가보든지. 너 혼자 버스 타고 갔다 와도 돼."

"혼자서요?"

갑자기 용기가 나지 않았다. 혼자서 농장을 탈출했다가 슬기 아빠 차를 타고 돌아오고 난 후에는 혼자 나갈 엄두가 나지 않았다. 마을버스는 세 시간에 한 대씩만 다녔다.

"삼촌이랑 같이 나갔다 빨리 돌아오면 되잖아요?"

"글쎄다. 아직은 칸이 없는데 양을 풀어놓을 수도 없고…… 상황을 보자꾸나."

삼촌이 농장 비우는 걸 꺼린다는 것도 알고 있었다. 그런데도 삼촌은 종종 농장을 비우면서 이럴 때는 인색했다.

"칸이 나를 기다릴 텐데, 얼굴도 안 보이면 칸이 얼마나 섭섭할까! 나한테 배신감을 느낄 텐데……."

나는 삼촌이 들으라는 듯이 혼잣말로 중얼거렸다.

"짜식, 알았다! 알았으니까 일단 일이나 끝내자. 여름은 밖에 나갔다 오면 힘이 쏙 빠져."

삼촌은 여전히 확실하게 말해주지 않았다. 사료 포대를 다 옮기고 나자 기운이 빠져 다리가 후들거렸다.

"배고프지? 얼른 저녁 먹고 푹 쉬자. 라면 샤브샤브 해먹자꾸나. 넌 텃밭에 가서 채소 왕창 뜯어 오너라."

삼촌이 피곤해하는 표정이 또렷했다. 내가 눈에 보이는 대로 채소를 뜯어 가자, 그새 삼촌은 라면을 끓이고 있었다. 쌀 씻기 귀찮을 때나 반찬 만들기 귀찮을 때, 삼촌은 라면을 끓여서 온갖 푸성귀를 살짝 담가서 샤브샤브처럼 해먹었다. 라면 샤브샤브는 나를 위해서 삼촌이 특별히 생각해낸 방법이었다. 그리고 빨갛게 익은 토마토를 듬성듬성 썰어서 프라이팬에 기름 넣고 볶아서 그 위에 날계란을 풀어서 익히면 반찬도 되고 간식도 되었다. 밥을 제대로 못 먹는 나를 위해서 삼촌이 연구했다는 특식이 그나마 내 입맛에 맞아 자주 해먹었다.

라면 샤브샤브를 먹으면서 나는 문득 텔레비전에서 남북 화해 분위기로 평양냉면이 인기라는 뉴스가 떠올랐다.

"날씨도 더운데 뜨거운 라면만 먹어요? 시원한 평양냉면은 없어요?"

내 투정에 삼촌이 피식 웃었다.

"평양냉면은 남북평화협정이 이루어지면 평양 가서 먹어야 제 맛이지. 그런 날이 곧 돌아올 테니까 너랑 나랑 같이 가서 평양냉면 먹자."

"정말요? 약속하는 거죠?"

삼촌과 손가락을 걸고 약속을 했다.

"내 어릴 적 기억으로는 아버지도 냉면을 좋아해서 한겨울에도 엄마가 종종 해드렸지."

"아빠도 냉면 먹고 싶다면 엄마가 마트에서 포장된 걸로 사와서 먹었는데……. 삼촌은 안 좋아해요? 난 겨울에 먹는 게 더 맛있더라고요."

"하하. 집안 내력이네. 네 할아버지가 냉면을 좋아해서 어릴 적부터 자주 먹었거든. 얼른 먹고 자자."

삼촌은 정말 피곤했는지 숟가락을 놓자마자 침대에 벌렁 누웠다. 오늘 힘들고 피곤한 건 내가 더했는데.

농장을 나간 양 한 마리는 어떻게 되었을까? 혹시 멧돼지를 만나 잡아먹힌 건 아닐까? 내일이라도 스스로 돌아오면 더없이 좋을 텐데.

11. 칸의 아픈 기억

삼촌이 밖에서 불렀다.

"준서야, 얼른 일어나라. 칸 보러 안 가냐?"

나는 삼촌 목소리에 어렴풋이 잠이 깼지만 칸이라는 말에 정신이 번쩍 들었다. 문을 열자 삼촌이 양손에 모가지가 축 늘어진 닭들을 거꾸로 들고 있었다.

"헐! 이게 뭐야?"

삼촌이 죽은 닭들을 한꺼번에 문 앞에 툭 던졌다.

"멧돼지 때문에 놀랐는지, 가둬놓으니까 더위를 먹었는지 시들시들하더니 죽어 있네."

삼촌이 아무렇지도 않게 말했다. 나는 죽은 닭을 보면서 기겁을 하고 뒤로 물러섰다.

"축사가 너무 더워서 지하수도 뿌려주고, 물통에 깨끗한 물도 갈아 줬는데……."

하룻밤 사이에 다섯 마리나 되는 닭이 죽었다는 게 충격이었다.

"숲속에 묻어줘야 하나요?"

"아까운 걸 왜 묻어? 슬기네 세 마리, 우리 두 마리 백숙해 먹자."

"헐, 사료 주고 돌본 닭을 어떻게…… 난 못 먹을 것 같아요."

나도 양념 치킨을 좋아한다. 앉은 자리에서 반 마리 뚝딱 먹어 치우는 건 일도 아니다. 그러나 내가 사료를 주고, 먹을 물도 깨끗하게 갈아주며 돌본 닭을 먹는다는 게 어쩐지 야만인 같았다.

"야 이 녀석아, 가축을 떠받들라고 키우는 줄 아냐!"

"꼭 그런 뜻은 아니지만……."

"키울 때는 정성껏 돌보고, 돈이 필요하면 팔고, 죽으면 먹는 거지. 그게 가축으로 태어난 운명이지."

"아휴, 삼촌은……. 그래도 난 못해요. 싫어요."

"왜 싫어? 이럴 때 이웃과 나누어 먹으면 좋잖아. 슬기네 할머니 할아버지가 나한테 얼마나 잘해주시는데."

삼촌의 말에도 일리가 있었다. 닭뿐만 아니라 소, 돼지, 오리 등도 아무렇지도 않게 먹지 않는가. 내가 삼촌한테 좀 유별나게 말한 것 같아 더 이상 토를 달지는 않았다.

"얼른 나갈 준비해라. 칸 보러 가는 길에 슬기네 갖다주고 가게."

"지금 갈 거예요?"

칸을 보러 간다는 말에 나는 서둘러 목욕을 하고 깨끗한 옷으로 갈아입었다. 내 몸에도 어느덧 가축 냄새가 스며든 것 같아 은근히 신경이 쓰였다. 내가 나가자 삼촌은 플라스틱 통에 훤히 다 보이게 닭을 담아놓았다.

"보이지 않게 검은 봉투에 담아 가요."

"조금만 가면 되는데 웬 유난이냐!"

삼촌은 그대로 뒷자리에 실었다. 남은 두 마리는 저온 창고에 넣어두고 출발을 했다.

"얼른 갔다 와야 해. 칸 붙잡고 시간 끌지 마라."

삼촌은 칸을 만나기도 전에 닦달을 했다. 그래도 칸을 만나면 같이 놀고 싶었다. 칸도 마음대로 뛰어다니다가 좁은 동물 병원에 갇혀 있으니 얼마나 갑갑하고 심심할까 하는 생각이 들었다. 삼촌이 멧돼지가 나타난 후에는 농장 비우는 걸 더 꺼렸다. 멧돼지가 삼촌뿐만 아니라 아랫동네 사람들까지 늘 긴장시킨다는 것이다.

차가 멈추었다. 그런데 삼촌이 내게 죽은 닭을 전해주고 오라고 미루는 게 아닌가.

"아휴, 내가 죽은 닭을 어떻게 들고 가요?"

"난 운전대 잡고 있잖냐. 얼른 갖다주고 오면 될 텐데 뭘 못 한다고 빼냐!"

내가 못 가겠다고 버티자 삼촌은 오히려 내 어깨를 밀면서 억지로 시켰다. 나는 삼촌 손에 떠밀리듯 분위기에 떠밀리듯 어쩔 수 없이 차에서 내렸다. 죽은 닭이 훤히 보이는 상자를 들고 고개를 외로 틀고는 슬기 집으로 들어갔다. 슬기네 식구들은 다 나와서 포도 상자를 포장하고 있었다. 향긋한 포도 냄새가 콧속을 휘저어놓았다. 하마터면 침을 꿀꺽 삼킬 뻔했다.

"아이고, 이게 누구야! 그게 뭐냐?"

할머니가 먼저 아는 척을 했다. 나는 차마 죽은 닭을 내놓기가 부끄러워서 대답을 할 수가 없었다. 슬기 엄마가 가까이 다가와서 "하!" 하며 비명인지 감탄사인지 애매하게 내질렀다.

"왜 그래? 뭔데 그래?"

슬기 아빠가 궁금하다는 듯 재촉했다.

"죽은 닭이네. 농장에 무슨 일 있는 거냐?"

"몰라요. 삼촌이 갖다주래요."

나는 얼른 플라스틱 통을 놓고 뒤돌아섰다. 그러자 슬기 목소리가 들려왔다.

"오빠, 시원한 포도 주스 한 잔 마시고 가. 너무 덥잖아?"

"삼촌이 기다려."

내가 서둘러 밭을 나와 트럭에 올라타자 슬기가 뒤따라 쫓아왔다.

"아저씨, 잠깐만 기다리세요. 엄마가 시원한 포도 주스 가져온다고 가지 말래요."

"그래, 고맙다. 포도는 이제 다 땄냐?"

"마지막 포장 작업하고 있어요. 오빠랑 어디 가세요?"

"칸 보러 가겠다고 우리 준서가 떼를 쓰는구나. 그래서 잠깐 나갔다 오려고……."

"오빠, 칸 잘 만나고 와! 칸이 빨리 나아서 돌아왔으면 좋겠어."

삼촌과 슬기가 이야기를 나누는 사이에 슬기 엄마가 재빨리 포도 주스 두 잔을 쟁반에 담아 나왔다. 삼촌과 나는 주스 잔을 건네받고 단숨에 마셨다. 향긋한 포도 냄새가 입안에서 확 퍼지니까 온몸에 기운이 되살아나는 기분이 들었다. 마음 같아선 한 잔 더 마시고 싶지만 차마 입이 떨어지지 않았다. 삼촌이 "잘 마셨어요."라며 빈 잔을 건네고 바로 시동을 걸었다. 농장을 비워놓고 가는 길이라 유난히 서둘렀다.

"안 그래도 포장 작업 끝내고 다들 힘들어서 뭘 해 먹을까 했는데, 백숙해서 잘 먹을게요."

슬기 엄마도 맞받아 인사를 했다.

흙길을 내달리면서 흙먼지가 자욱하게 일어났다. 나는 얼른 문을 닫았다. 삼촌이 에어컨을 켰다. 퀴퀴한 냄새가 에어컨 바람에 섞여 나왔지만, 시비 걸지 않고 꾹 참았다. 농장에서 늘 거름 냄새, 분뇨 냄새를 맡다 보니까 퀴퀴한 냄새에 조금은 둔해졌다.

"방학 동안 농장에서 지내보니까 어때?"

"그냥 그래요."

"야 인마, 좀 확실하게 말해봐라. 좋으면 좋다, 싫으면 싫다!"

"좋을 때도 있고, 싫을 때도 있지 어떻게 늘 똑같은 마음이겠어요? 안 그래요? 삼촌은 늘 똑같은 마음이에요?"

"아이고, 그러니까 다 싫기만 한 게 아니라는 뜻이지?"

삼촌이 묻는 의도를 알고 나는 피식 웃음이 나왔다. 어떤 때는 삼촌도 어린애처럼 좀 유치한 부분이 있었다.

"다 싫었으면 숨 막혀서 벌써 도망쳤죠. 삼촌이랑 같이 지내다 보니까 내가 몰랐던 집안 이야기도 조금씩 알게 되고, 동물들이랑 친하게 지낼 수 있고, 삼촌이랑 얘기하는 것도 재밌었어요. 물론 가축들 똥 냄새는 싫지만……."

"그래 다 좋을 수만은 없지. 그래도 싫은 것보다 좋은 걸 많이 얘기하니까 삼촌도 기분이 좋네. 난 똥 냄새뿐만 아니라 똥 치우는 거 정말 하기 싫더라. 그래도 동물들과 어울려 지내다 보니까 그게 자연스럽게 받아들여지더라고. 너 방학 끝나고 집에 가면 아파트에서 살아야 하는데, 갑갑해서 절로 농장 생각이 날 거야. 아유, 상자 포개놓은 것 같은 아파트에는 공짜로 살라고 해도 답답해서 못 살아!"

마치 사람이 살지 못할 곳에서 우리 식구가 사는 것처럼 말하는 게 순간 기분이 상했다.

"그건 삼촌 생각이죠. 내 고향은 아파트고 여태껏 아파트에서만 살아서 그렇게 사는 게 더 자연스러워요. 처음 농장에 와서 자던 날 밤에 내가 어땠을 줄 알아요? 꼭 들판에 혼자 버려진 것 같아서 비참했어요. 노숙자가 된 기분이더라고요. 한밤중에 울어대는 풀벌레 소리도 무섭고……."

삼촌의 농장이 내게 결코 편하고 좋은 곳만은 아니라는 걸 말해주었다.

"그런데 어떻게 여태까지 참았냐?"

"그래도 삼촌이 옆에 있잖아요. 난 다 까먹었는데 삼촌이랑 어릴 적에 놀던 게 떠오르고 점점 괜찮아지더라고요. 딱 방학 동안이니까……."

"나도 혼자 살다가 누구랑 같이 자니까 불편하더라. 그래도 내가 어릴 적에 널 좋아해서 참았지. 같이 지내다 보니까 이야기 동무도 되고, 혼자 농장에서 지내다 보니까 사람도 그립고……."

갑자기 삼촌이 급정거를 했다. 몸이 앞으로 쏠리는데 하마터면 유리창에 머리를 박을 뻔했다.

"왜 갑자기 서요?"

"저기 봐라. 저러다가 차바퀴에 깔리지."

삼촌이 손가락으로 가리키는 곳에는 뱀이 길을 쓱 건너고 있었다. 삼촌이 차를 세우지 않았으면 정말 차바퀴에 치여서 죽을 뻔했다.

"어휴, 징그러! 겁도 없이 차 다니는 길을 마음대로 돌아다녀."

뱀이 눈에 안 보였으면 하는 마음에 투덜거렸다. 뱀도 다른 산짐승이나 마찬가지인데 생김새만 봐도 저절로 오싹했다. 뱀이 나한테 해코지를 한 것도 아니고, 가까이서 보는 것도 처음인데, 나한테도 편견이란 게 마음에 저장되어 있었나 보다.

"저러다가 로드킬 당하지. 정신없이 운전하고 가다가 아차 하는 순간에 겪게 되는 일이라, 그래도 오늘은 미리 봐서 다행이네."

삼촌은 뱀이 건너편 숲으로 들어갈 때까지 기다렸다가 다시 운전을 했다. 나는 문득 잃어버린 양이 떠올랐다.

"참, 양은 안 돌아왔어요?"

"아직……. 제 발로 나간 걸 어떻게 하냐. 야생으로 돌아가서 살아도 어쩔 수 없지."

삼촌은 나 때문에 양을 잃어버려놓고도 괜찮은 척을 했다.

동물 병원은 면에서도 제법 건물이 다닥다닥 붙어 있는 시장 입구 이층짜리 건물 일층에 있었다.

삼촌이 병원 앞에 차를 세우고는 나더러 먼저 들어가보라고 했다. 막상 병원 문 앞에 서니까 가슴이 떨렸다. 칸이 너무 많이 다쳤으면 어쩌나 하고 걱정이 되었다. 삼촌이 차에서 내려 내 어깨를 밀 때까지 망설였다.

"안 들어가고 뭐 해? 칸 보고 싶다면서……."

"삼촌이 먼저 들어가요. 난 동물 병원은 처음이라서."

동물 병원이 낯설어서 망설여지기도 했다. 삼촌이 먼저 유리문을 밀고 들어가자 대번에 익숙한 소리가 귓속을 파고들었다. 그 순간, 가슴 한복판에 통증이 느껴졌다.

"칸, 잘 있었냐?"

삼촌이 손을 번쩍 들면서 상자 앞으로 갔다. 칸이 저 작고 비좁은 상자 안에 갇혀서 지내다니……. 양 떼를 몰고 초원을 마음껏 달리던 칸이 얼마나 갑갑할까.

"칸! 칸!"

나는 목이 메어 말이 나오지 않았다. 칸이 나를 보고 '멍 멍.' 반갑게 짖어댔다. 동물 병원 수의사가 문을 열어주었다. 칸이 단번에 뛰어나와서 내 품에 안겼다. 나도 모르게 눈물이 주르르 흘러내렸다.

"칸, 미안해! 미안해!"

며칠 사이에 칸은 몰라보게 기운이 없어 보였다. 나는 칸을 품에 꼭 안고 쓰다듬었다.

"우리 칸 언제 다 나아요?"

"너무 걱정 말아요. 상처가 다 아물면 다시 양치기 개로 돌아갈 수 있어요."

수의사 누나가 오히려 나를 위로해주었다. 칸과 눈을 마주쳤다. 칸이 '웅- 웅-.' 하면서 내게 무슨 말인가 하고 싶어 했다. 이럴 때 서로 터놓고 이야기를 할 수 있는 언어가 있으면 얼마나 좋을까! 나는 아직 칸의 눈을 보고, 칸의 소리를 듣고, 그 마음을 다 이해할 수 있을 만큼 칸을 깊이 알지 못했다. 하지만 나를 구하기 위해서 칸이 위험을 무릅썼다고 생각하니까 다 내 잘못인 것 같았다. "준서야, 칸 간식이다. 네가 먹여줘."

삼촌이 육포를 내밀었다. 칸이 얼른 건강을 되찾고 상처가 빨리 아물려면 영양식을 많이 먹어야 했다. 나는 육포를 받아서 내 손으로 먹여주고 싶었다. 내가 얼마나 칸을 걱정하고 좋아하는지를 조금이나마 전해주고 싶었다.

칸은 내가 내민 육포를 보고도 얼른 받아먹지 않았다. 농장에서 주는 음식보다 훨씬 맛있을 텐데도 왠지 머뭇거렸다.

"칸, 이런 거 많이 먹어야 빨리 나을 수 있어."

나는 일부터 칸의 입에 넣어주었다. 그제야 칸이 입에 넣고 우물우물하면서 마지못해 먹고 있었다. 칸이 멧돼지한테 얼마나 호되게 당했으면 입맛까지 잃어버린 걸까.

"칸이 몸이 아픈 것보다 옛날 생각이 나서 정신적 상처가 더 컸을 거야."

삼촌이 갑자기 뜬금없는 말을 했다.

"바닷가에서 처음 만났을 때요? 그때랑 멧돼지한테 당한 거랑 무슨 상관이 있어요?"

얼른 연관성이 떠오르지 않았다. 그러자 삼촌이 창가에 있는 의자에 앉으면서 머리를 긁적거렸다.

"농장에 와서 잘 적응하고 양 떼를 몰고 다니는 걸 보고 까마득히 잊어버린 게 있었어. 내 생각보다 상처가 더 깊었나 봐."

"뭔데요?"

나는 애가 닳았다. 내가 모르는 상처가 칸에게 또 있었던 것이다.

"칸을 만났을 때, 몸에 상처가 많이 나 있었어. 다른 개한테 물린 자국이었지. 바닷가에 버려진 개들끼리 서로 죽기 살기로 싸울 때가 있는데, 주인한테 버림받은 화풀이를 만만한 상대한테 하는 것 같더라고."

"칸은 진돗갠데 다른 개들한테 당해요?"

나는 언뜻 이해가 가지 않았다. 진돗개는 사냥 본능이 뛰어나고, 용감무쌍한 종자로 알려졌다.

"칸이 어릴 때였잖아. 더군다나 목에 걸린 방울이며 입고 있는 옷을 보니까 애완견으로 길러졌더라고."

삼촌의 말에 수의사 누나가 가까이 다가와 앉았다.

"치료하면서 보니까 전에 아물었던 상처가 있던데, 여기…… 봐, 여기 있잖아."

수의사 누나가 반창고를 떼어내고 상처가 난 부위를 보여주었다. 나는 정면으로 상처를 마주 대할 자신이 없어 고개를 돌렸다. 가슴이 먼저 떨렸던 것이다.

"짜식, 그렇게 마음 약해서야! 농장에서 이만큼 지냈으면 좀 당차야지."

삼촌은 괜히 트집을 잡았다.

"여기 봐, 예전에 상처 난 곳을 멧돼지한테 또 물렸어. 그러면 사람이든 동물이든 트라우마가 생겨서 고통의 깊이가 몇 배나 더 크단다. 사랑으로 잘 보듬어줘야지 상처를 잊을 수 있어."

수의사 누나가 칸의 상처 난 곳을 콕 짚어주었다. 칸의 상처 자국을 보면서 나도 모르게 손이 갔다. 상처를 어루만져주었다.

칸이 '끙끙.' 하면서 힘없이 앓는 소리를 내었다. 칸이 겪었을 고통이 내 가슴속에도 전해져왔다. 이미 아문 상처 자국만 봐도 가슴이 짠한데 그 위에 또 상처가 났다니. 수의사 누나는 멧돼지한테 물린 상처를 얼른 덮었다. 공기에 떠도는 나쁜 균이 상처에 들어가면 여름이어서 금방 덧난다는 것이다.

"준서야, 나 잠깐 나갔다 올 테니까 칸이랑 실컷 놀아라. 집에 가서 또 칸 보고 싶다고 조르지 말고."

삼촌이 나갔다. 나는 칸을 꼭 안고 그동안 농장에서 있었던 일이며 양 한 마리를 잃어버린 일까지 말했다.

"칸, 네가 없으니까 농장이 엉망이야! 이제 보니 삼촌이 부지런한 일꾼이어서 혼자서 농장을 다 관리하는 게 아니라, 칸 네가 양이며 닭들이 돌아다니는 걸 다 보살폈더라. 내가 칸 네 몫을 조금이라도 덜어주려고 양을 몰고 숲속으로 올라갔다가, 양 한 마리가 달아났어. 어떡하냐? 칸 네가 돌아와서 찾아줘. 그래야 삼촌한테 내 체면이 좀 서지. 내가 일부러 양을 잃어버린 것도 아니고, 양을 찾아 숲속으로 들어갔다가 나까지 길을 잃을 뻔했다니까. 나 참 바보지! 그래서 닭들은 안 풀어쳤어. 내 능력으로는 감당이 안 되더라고. 그리고, 양들도 은근히 날 우습게 보더라니까! 나쁜 자식들!"

나는 칸과 눈을 마주하고 속상했던 마음까지 얘기했다. 그러자 수의사 누나가 갑자기 큰 소리로 웃었다.

"양이 사람 말 다 알아듣고 말 잘 들으면 똑똑하게……. 양치기 개들이 양들을 잘 이끄는 건 서로 교감이 되는 거야. 칸이랑 교감이 잘되니까 서로 반가워하는 거지. 칸이 아마 학생 말을 다 알아들었을 거야."

"정말요? 난 칸이 잘 못 알아들어도 얘기해주고 싶었어요."

"그렇게 소통을 하는 거란다. 아마 양들도 칸한테 하는 것처럼 대하면 잘 따를 거야."

수의사 누나는 칸에게 주사를 놔야 한다면서 나한테 붙잡고 있어달라고 부탁했다.

나는 칸을 번쩍 안아서 수의사 누나가 가리키는 탁자 위에 눕혔다. 누나가 주사를 가지고 오자 칸이 저절로 움찔거렸다. 나도 주사 맞기는 정말 싫은데, 칸도 얼마나 싫을까. 하지만 빨리 나으려면 의사 말에 잘 따라야 했다.

"칸, 잠깐만 참으면 돼. 그러면 빨리 나을 수 있어. 양들을 몰고 마음껏 달리고 싶지? 그러려면 조금만 참아."

나는 칸을 어루만지면서 속삭였다. 내가 칸에게 얘기를 하는 사이에 수의사 누나가 주사를 놓았다. 움찔거리던 칸이 불안한 눈빛으로 나를 보았다.

"괜찮아! 다 끝났어."

칸의 얼굴을 만지고 있는데, 삼촌이 들어왔다.

"왜 거기에 있어? 주사 맞았구나."

"칸이 주사를 좀 무서워해요."

"당연하지. 나도 주사 맞는 건 무섭더라. 이제 그만 농장에 가야지. 요즘 너무 오래 비워두면 안 돼."

삼촌이 갑자기 서둘렀다. 그러고는 칸을 번쩍 안아서 원래 들어 있던 상자 속에 넣었다. 칸이 "킁 킁." 슬프게 짖었다. 헤어질 시간이라는 걸 직감적으로 알고 있었다.

"칸, 또 올게. 밥 잘 먹고 치료 잘 받아. 그래야 빨리 나아서 농장에 돌아가지."

삼촌은 일부러 씩씩하게 칸에게 말했다. 칸을 두고 나오려니까 또 마음이 아려서 발걸음이 얼른 떨어지지 않았다.

"빨리 안 가고 뭐 해? 오늘은 너하고 나하고 지키면서 양들도 숲속에 올려 보내고, 닭들도 풀어줘야 할 것 같아. 가둬놓으니까 자꾸 비실비실하네."

삼촌이 먼저 밖으로 나가 시동을 걸었다. 차 시동 소리에 더는 머물 수 없어서 칸에게 손을 흔들면서 동물 병원을 나왔다. 트럭에 올라타니까 구수하고 맛있는 기름 냄새가 콧속을 파고들었다.

"어, 이게 무슨 냄새지?"

두리번거리는 내 눈에 피자라고 쓰인 포장지가 보였다.

"삼촌이 인심 썼다. 피자 먹고 싶었지?"

"와아, 삼촌이 언제 이런 생각까지 했어요? 난 칸만 보고 가는 줄 알았는데."

"네가 피자 좋아하니까 또 사줘야겠다고 생각은 했는데…… 칸이 다치니까 정신없이 다니게 되더라고. 난 아마 칸이 없으면 혼자 농장 운영 못 했을 거야."

"내 생각도 그래요."

삼촌도 내 말에 수긍을 하는지 웃었다.

"곧 방학도 끝나가는데, 준서도 집으로 돌아가고…… 둘이 있다가 혼자 있으면 나 심심하고 외로워서 어떡해, 응?"

삼촌은 마치 애인과 헤어지는 사람처럼 아쉬워했다. 나는 그만 웃음이 터졌다.

"왜 웃어? 삼촌이 헛소리하는 것 같냐?"

"아뇨. 혼자 있으면 자유롭고, 누구 눈치도 안 보고, 간섭하는 사람도 없고…… 내 마음대로 살 수 있고…… 얼마나 좋아요."

"나도 한때는 그랬거든. 그런데 옛날 아버지 말씀처럼 든 자리는 몰라도 난 자리는 표가 많이 난다고, 지금 내 마음이 그래."

"그게 무슨 말이에요?"

"네 할아버지가 그러더라. 내가 학교 다니면서 너만 할 때 친구들과 어울려 말썽 부리고, 공부도 못 한다고 구박을 하고, 형과 차별을 하더니, 내가 군대 간다면서 집을 나가고 난 후에는 많이 허전해하셨대. 나도 벌써부터 네가 방학 마치고 집으로 돌아가면 나 혼자 남게 되는데 어쩌나, 하고 쓸쓸한 생각이 드네."

삼촌의 말을 들으니까 문득, 엄마 얼굴이 떠올랐다. 엄마는 왜 그동안 전화 한 번 하지 않았을까? 하루에도 몇 번씩 내 일과를 체크하느라 문자 폭격을 하고, 즉시 답하지 않으면 전화를 걸고 확인을 했다. 그런데 농장에 오고 난 후에는 단 한 번도 궁금해하는 전화도 없었다. 혹시 나를 삼촌한테 보내놓고 두 분이서 마냥 재미나게 사는지. 아니면 외국으로 여름휴가를 떠난 건 아닐까 하는 의심이 들었다. 그래도 삼촌한테는 자존심 상해서 물어보기도 싫었다.

"넌 삼촌이랑 농장에서 지내니까 좋았어?"

"뭘 그런 걸 물어요."

삼촌은 쑥스럽게 그런 질문을 대놓고 하는지…….

12. 갑자기 찾아온 이별

닭들이 다 병들 것 같다면서 삼촌이 축사를 열었다. 닭들이 한꺼번에 와르르 몰려나와 사방으로 부리나케 흩어졌다. 축사에 며칠 동안 갇혀 저희들끼리 치고받고 지내다 보니까 갑갑했을 것이다. 갑자기 풀어주니까 마치 달리기를 하듯, 날아오르는 새처럼 날개를 퍼덕거리면서 야단법석을 피웠다.

"아이고, 하루만 더 축사에 가둬놨으면 저 기세로 담도 허물었겠네."

삼촌이 어처구니없다는 듯 웃었다.

"짐승도 사람이나 마찬가진가 봐요. 얼마나 답답했으면 저럴까!"

닭들이 푸드덕 날아서, 어떤 녀석은 남의 등에 올라타기도 하고 종종걸음으로 사방팔방으로 흩어졌다. 마치 누가 잡기라도 하는 것처럼 허둥지둥 달아났다.

"원래 마음대로 돌아다니던 녀석들이라 가둬놓으니까 더 난리지. 그래, 실컷 돌아다니면서 놀아라!"

삼촌은 양을 보러 간다면서 양 축사를 향해 언덕길을 내려갔다. 그사이에 나는 무녀리들 보금자리로 갔다. 무녀리들은 문을 열어도 급하게 빠져나오지 않았다.

"귀욤아, 어디 있니?"

나는 백여 마리 되는 무녀리들을 쭉 훑어보면서 귀요미를 불렀다. 귀요미가 달음질하듯 뛰어와 인사처럼 내 신발을 콕콕 찍었다.

"어라, 이 자식이 언제 이렇게 컸어?"

나는 쭈그려 앉으며 귀요미를 손바닥 위에 올렸다. 처음 만났을 때, 내 손안에 쏙 들어오던 몸집이었는데, 이미 내 손바닥 크기를 넘어설 만큼 자라서인지 무게감이 느껴질 정도였다. 늘 보면서도 갑자기 발견한 성장이 나를 흐뭇하게 했다.

나는 문을 살짝 열어두었다. 밖으로 나오려는데 무녀리들이 갑자기 내 뒤를 따라서 나왔다. 내가 일부러 여기저기 걸으면 자기들도 방향을 바꾸어 내 뒤를 졸졸 따랐다. 내가 자기들 엄마인 줄 아나!

나는 무녀리들 보금자리 둘레를 한 바퀴 같이 돌면서 산책이라도 시켜주고 싶었다. 녀석들이 무리를 이루어 내 뒤를 졸졸 따라다니는 것도 신기하고 재미있었다. 마치 색다른 세계를 경험해보는 기분이 들어서 내 마음도 들떴다.

무녀리들을 밖으로 나오게 해서 한 바퀴 산책 시키고 보금자리 안으로 들어갔다. 녀석들도 조금도 망설임 없이 따라 들어왔다. 오랜만에 축사 밖으로 나온 큰 닭들이 힘자랑을 한다고 무녀리들 보금자리를 습격이라도 할까 봐 염려가 되었다. 다행히 큰 닭들은 무녀리들 보금자리까지 올라오지는 않았다. 녀석들은 큰 닭들처럼 보채지도 않고, 사납게 킥복싱을 날리지도 않고, 그냥 순응을 했다.

문득 이런 생각이 들었다. 병아리도 내 말에 잘 따르고, 귀엽게 굴면서 같이 놀아주니까 기분이 좋은데, 사람도 마찬가지일 테지. 아빠와 엄마도 나를 위해서 열심히 회사에 다니고 일하는데, 내가 고분고분하면서 원하는 대로 따라주면 행복해하겠지. 그러나 난 사람인데, 생각이 있고 내 이상이 있는데 어떻게 가축처럼 순응하면서 따를 수만 있겠는가. 괜히 마음이 찝찝했다.

"휘리릭- 휘리릭-."

휘파람 소리가 들려왔다. 양 떼를 숲속에 올려 보낼 모양이다. 잠시 후에 양들이 숲으로 올라가는 게 보였다. 나는 혹시나 양들이 뿔뿔이 흩어질까 봐 숲으로 올라갔다. 칸이 있었으면 이런 걱정은 하지 않아도 되는데. 그러나 양 떼는 삼촌의 마음도 잘 헤아리는지 한곳에 모여 한갓지게 풀을 뜯고 있었다.

삼촌은 양 떼를 숲속으로 올려 보내놓고 드럼통을 반 잘라서 만든 아궁이에 잔가지와 나무토막을 넣고 불을 지폈다. 백숙을 한다는 것이다.

"난 백숙은 별로던데."

매콤하고 달달한 양념 치킨을 만들어 실컷 먹을 수 있으면 좋으련만, 삼촌이 양념 치킨을 만들 재주는 없을 것 같았다. 삼촌은 끓는 물을 부어서 닭 털을 뽑았다. 닭 털을 뽑는 장면이 내게는 충격적이었다. 나는 보기가 흉해서 고개를 돌렸다.

"꼭 그런 걸 직접 해야 돼요?"

"너한테 안 시킬 거니까 걱정 마라. 너 몸보신 시켜주려고 백숙하는데······."

"난 백숙 안 좋아한다고 했잖아요! 삼촌이 먹고 싶어 하면서 괜히 내 핑계 대기는······."

나는 혼잣말로 구시렁거리면서 얼른 그 자리를 피해 농장 밖으로 나왔다. 숲속으로 올라가서 잃어버린 양을 찾아볼까 생각도 했지만, 그러다가 나까지 길을 잃은 게 떠올라 진저리를 쳤다. 다시는 그런 끔찍한 일을 두 번은 겪고 싶지 않았다. 농장을 나와서 아직 한 번도 올라가 보지 못한 윗길로 올라갔다. 숲이 무성하게 우거졌지만 그 사이로 산자락에 붙은 오솔길이 나 있었다. 오솔길을 따라 올라갔다가 되돌아오면 길을 잃어버릴 일은 없을 것이다.

나무가 없는 들판의 농장은 아침이 지나면 금세 해가 쨍쨍 내리쬐어 돌아다니기도 힘겨웠다. 하지만 이 오솔길은 나뭇잎이 무성해서 서늘한 기운이 감돌았다. 오솔길로 계속 올라가자니 산에서 내려오는 물길도 사라지고, 어느덧 농장과 이어진 숲이 나왔다. 숲 저 너머에 닭 축사가 보였다.

왜 한 번도 이 길을 올라가는 모험을 해보지 않았을까. 농장 안에서만 뺑뺑이 돌면서 하루하루 시간을 보냈다. 무언가 툭 소리를 내면서 떨어졌다. 도토리였다. 도토리는 가을에 떨어지는 게 아닌가. 나는 아직 푸른 빛깔의 겉껍질에 쌓인 도토리를 발로 비벼서 까려고 했지만 뭉개지고 말았다. 아직 덜 익어서 뭉개진 도토리를 발로 툭 차면서 축사 쪽 숲으로 들어갔다.

"휘리릭- 휘리릭- 휘리릭-."

휘파람을 불었다. 어느덧 내 입에서도 제법 매끈한 휘파람 소리가 자연스럽게 터져 나왔다. 방학 동안 삼촌한테 와서 발전한 거라고는 휘파람 소리뿐인 것 같았다. 삼촌도 이 길을 잘 다니지 않았는지 나뭇가지가 아무렇게나 자라 앞을 가렸다.

나는 그냥 왔던 길로 돌아가려다가 묘한 모험심이 발동했다. 이왕이면 내 의지로 숲길을 헤쳐나가는 모험을 해보고 싶었다. 축사가 보이니까 저번처럼 엉뚱한 곳으로 들어가 길을 잃어버릴 염려도 없었다. 길이 닦여 있지 않아서 울퉁불퉁한 숲을 헤쳐나갔지만, 조금은 내 몸에 익숙해져 있었다. 멧돼지 때문에, 그리고 양을 찾는다고 숲속으로 들어가본 경험이 위압감을 느끼게 하지는 않았다.

농장과 이어진 길의 모험은 그리 길지 않았다. 금세 끝나서 아쉽지만 또 혼자서 숲길을 헤치고 나가는 데 성공했다는 자부심이 은근히 생겼다. 마지막으로 아직 송이에 바늘이 빼곡히 돋아난 밤나무를 지나자 금세 넓은 초원이 훤하게 드러났다. 닭들이 사방팔방으로 돌아다니면서도 이 숲으로 들어오지는 않았다.

나무 그늘을 따라 오두막으로 돌아오려다가 혹시나 축사에 남은 비실비실한 닭들이 무사한지 궁금했다. 그래서 발길을 돌려 축사 안을 들여다보았다. 좋지 않은 예감이 들어맞았다. 또 두 마리가 쓰러져 있었던 것이다.

'어떡하지? 삼촌한테 말하고 모른 척할까, 아니면 내가 들고 가야 하나?'

죽은 닭을 그냥 두면 전염병이 퍼질지 모른다고 삼촌이 걱정을 했는데. 그래서 모른 척하고 그냥 갈 수가 없었다. 나는 큰맘 먹고 죽은 닭 두 마리를 삼촌처럼 다리를 잡고 거꾸로 들었다. 될 수 있으면 죽은 닭을 안 보려고 턱을 치켜들고 걸었다.

오두막 가까이 갈수록 백숙 냄새가 풍겨왔다. 김이 무럭무럭 피어올랐다. 벌써 백숙이 끓고 있었던 것이다. 땔나무 연기와 솥에서 올라오는 김 때문에 방향을 바꾸려고 걸음을 멈추었다.

"헐!"

아빠와 엄마가 서 있었다. 갑자기 나타나다니…….

"안 오고 뭐해! 너 데리러 왔대."

엄마 아빠도 아무 말도 하지 않고 바라보기만 했다. 그러자 삼촌이 먼저 입을 뗐다. 나는 엄마 아빠가 반갑고 마음 한복판이 찡했지만, 아무 말도 하지 않았다. 조용히 삼촌 앞에 죽은 닭 두 마리를 놓았다.

"세상에나! 세상에나! 너 대체 이게 무슨 꼴이냐, 응!"

엄마가 화들짝 놀라서 눈을 동그랗게 뜨고는 어쩔 줄 몰라 했다.

"삼촌, 얘 꼴이 왜 이래요?"

엄마가 화가 단단히 났는지 삼촌한테 따지듯 물었다.

"이거 우리 아들, 준서 맞아! 지나가다 만나도 알아보지 못하겠는걸."

아빠까지 맞장구를 쳤다.

'내가 어때서!'

무더위를 한순간에 가시게 할 만큼 분위기가 싸했다.

"왜요? 준서 꼴이 어때서요?"

삼촌이 되물었다.

"삼촌이 보기에는 아무렇지도 않아요? 죽은 닭을 들고 오지 않나……, 얼굴 꼴이 이게 뭐야. 이래서 학교에 어떻게 가?"

엄마가 왜 이렇게 속상해하는지 도무지 이해할 수 없었다. 책가방과 옷가지만 몇 개 넣어서 무작정 차에 태워 보낼 때는 언제고. 이제 와서 아들을 끔찍하게 위하는 엄마로 변신을 하는 게 아닌가.

"난 괜찮거든!"

나도 모르게 툭 내뱉었다. 그러자 엄마가 나를 노려보았다.

"애가 머슴처럼…… 얼굴도 다 타서 새까맣고, 옷도 거지꼴이고. 얼굴 꼴이 저게 뭐야!

엄마는 마치 못 볼 꼴을 본 것처럼 황당해하는 얼굴이었다. 분위기가 묘하게 돌아갔다. 백숙을 해서 맛있게 먹자던 삼촌은 졸지에 조카를 머슴으로 마구 부려먹는 나쁜 삼촌으로 몰렸다.

"엄마랑 아빠가 일방적으로 여기 보냈잖아! 나한테 물어보기나 했냐고!"

나도 화가 났다. 모든 덤터기를 삼촌과 내게 씌우는 게 아닌가.

"늘 학교, 집, 학원만 뺑뺑이 돌아서 너도 스트레스 얼마나 쌓일까 해서 자연 속으로 들어가 자유롭게 살아보라고 보낸 거야. 엄마 아빠는 큰맘 먹고 학원 안 보내고 자유를 준 건데 왜 투정이냐! 삼촌이랑 농장에서 지내보니 어때?"

아빠가 나서서 끓어오르던 분위기를 가라앉히려 애썼다.

"괜찮으니까 여태껏 여기서 살았지. 오늘 가야 돼? 방학 끝나려면 아직 오 일은 남았잖아?"

나도 다음 주 초에는 가야 된다는 걸 알고 있었다. 그러나 갑자기 끌려가는 것 같아 좀 당황스러웠다. 내게는 방학 동안 인연을 맺고 정들었던 동물들과 슬기와 작별 인사를 할 시간이 필요했다. 당장 가자고 하면 이대로 그냥 가야 되는 건가! 엄마 아빠는 나를 어린애로 취급했다. 나도 내 나름대로 세상과 맺고 있는 인연이 있는데…….

"당장 가!"

내가 주저주저하자 엄마가 매몰차게 서둘렀다. 엄마도 내가 처음 농장에 왔을 때처럼 코를 싸매 쥐고 얼굴을 찌푸렸다. 엄마에게도 낯설고 퀴퀴하고 구린 냄새가 참기 힘들 테니까. 내가 처음 여기에 왔을 때 어떤 마음이었는지 엄마도 좀 느껴봐야 할 것이다.

"닭 백숙 다 돼 가는데 먹고 가요. 준서도 먹고 싶을 건데……."

삼촌은 엄마의 잔소리에 변명 한마디 못하고 겨우 닭 백숙 타령만 늘어놓았다.

"그러지 뭐. 오랜만에 자연 속에서 내 동생 봉삼이가 해주는 백숙 먹어보자고."

아빠가 너스레를 떨면서 주위를 두리번거렸다.

"의자가 없냐? 좀 앉아야겠는걸."

"여기서 먹어요? 난 냄새가 나서……."

엄마가 투덜대면서 내 눈치를 보았다. 나는 여태껏 이 속에서 살았는데, 잠시도 못 참다니! 엄마도 겪어봐야 된다고 생각하는데, 눈치 없는 삼촌이 장소를 안내했다.

"예전에 아버지가 쓰던 평상이 창고에 있어요. 형수님, 잠깐만 기다리시면 깨끗하게 닦아서 나무 그늘 아래에 앉으면 돼요."

나도 한 번도 보지 못한 할아버지의 평상이었다. 평상이 어떻게 생긴 건지도 몰랐다. 삼촌이 창고 안에서 나무로 만든 임시 마루 같은 모양의 다리 네 개가 달린 나무판자를 들고 나왔다. 제법 큰데도 삼촌이 번쩍 들고 나오는 게 힘이 장사처럼 보였다.

"아버지가 만든 거라고? 하긴 아버지가 목수였으니 오두막도 짓고 창고도 짓고 평상도 만들었겠지. 평생을 목수일 하다가 나중에는 땅을 일구고 사셨으니, 그 땅에 우리가 다 모였네."

아빠가 새삼 감동을 하는 표정이었다.

"형도 지치고 쉬고 싶을 때 내려와. 준서도 처음에는 힘들어하던데, 시간이 갈수록 그럭저럭 적응하더라고. 다른 곳에서 살다가 들어오면 다 그렇게 적응해서 사는 거지."

삼촌이 평상을 들고 농장을 나가 아름드리 굴참나무 아래에 놓았다. 그러고는 물걸레를 빨아와서 깨끗이 닦았다. 그제야 엄마와 아빠는 다리가 아프다면서 평상에 올라가 앉았다.

"냄새가 참 좋네."

잠시 쉬던 엄마가 일어나서 오두막 안으로 들어갔다. 잠시 후에 소쿠리를 챙겨서 텃밭으로 가 푸성귀를 뜯어 왔다. 오랜만에 명절처럼 식구들이 둘러앉아 백숙을 먹는데, 엄마가 제일 맛있게 먹는 게 아닌가.

"엄마, 그렇게 맛있어? 난 못 먹겠는데."

"왜? 이렇게 맛있는데 왜 못 먹어?"

"내가 사료도 줬거든. 나랑 싸움도 하고, 그러니 못 먹겠어."

정말이지 목구멍으로 잘 넘어가지 않았다.

"아이고, 동물 농장에서 방학 동안 지내더니 많이 적응했나 봐."

아빠가 오히려 대견해했다. 백숙을 다 먹자마자 오히려 삼촌이 서둘렀다.

"준서야, 지금 가야겠다. 삼촌이 농장을 비울 수도 없고, 널 데려다줄 수가 없어."

삼촌이 분위기를 파악하고 나를 떠밀어내려고 했다.

"칸이 안 돌아왔잖아요. 칸이 다 낫는 걸 보고 싶은데……."

"가는 길에 칸 보고 가. 그러면 되잖아?"

나는 더 이상 고집을 부릴 수가 없었다. 대세는 이미 떠나야 하는 분위기였다.

"칸은 또 누구야?"

"양치기 개. 준서랑 친하게 지냈는데, 좀 다쳐서 병원에 입원했어."

삼촌이 멧돼지가 나타난 이야기는 쏙 빼고 그냥 다친 걸로 얘기했다. 멧돼지한테 쫓긴 이야기를 하면 엄마가 기절초풍할 것이다.

아빠가 일어났다. 아무래도 도로가 막힐까 봐 서두르는 눈치였다. 여긴 길이 한가해도 서울로 들어가는 순간에 막히고 뒤엉키고 복잡할 게 뻔했다. 나의 한갓진 여름방학도 이렇게 끝이 나고 있었다.

나는 서둘러 언덕 위로 올라갔다. 귀요미에게 작별 인사를 하고, 무녀리들의 모습을 보고 싶었다. 왠지 다시는 보지 못할 것 같아서 무녀리들 보금자리 문을 여는 순간, 울컥했다. 다른 녀석들도 귀요미처럼 내게 달려들어 누가 누구인지도 헷갈렸다.

"귀욤아, 잘 있어. 너희들도 무럭무럭 자라서 씩씩하게 살아야 해."

나는 마치 어른이 된 기분으로 어린 아이들한테 말하듯 혼잣말로 작별 인사를 했다. 그리고 사방으로 흩어져 있는 큰 닭들도 둘러보고, 양 떼가 모여 있는 숲으로 올라갔다. 양들은 내가 인사를 해도 보는 둥 마는 둥 했다. 칸이 아니면 내게는 늘 무심한 녀석들이었다. 그래도 이제 떠나는 길에 한 번이라도 더 보고 싶었다.

내가 오두막으로 향하는데 벌써 삼촌이 내 책가방이랑 옷이 든 가방을 들고 나왔다.

"네 아빠한테 칸이 있는 병원 주소 가르쳐줬어."

삼촌이 이별을 할 때는 왠지 무뚝뚝했다.

"삼촌!"

나는 마음이 울컥해서 더 이상 말을 할 수가 없었다. 아빠가 차에 경적을 울리면서 빨리 타라는 신호를 보냈다. 내가 뒷자리에 올라타자 조수석에 앉아 있던 엄마가 뒷좌석으로 와서 앉았다.

자꾸만 눈자위가 아파왔다. 그래도 유치하게 눈물을 보이고 싶지 않아 입을 꾹 다물었다. 농장을 나서며 또 한 번 뒤돌아보았다. 내 여름 방학 동안 함께 지냈던 농장은 평소와 다름없는데, 나만 떠나가게 된 것이다. 슬기네 집 앞을 지나갈 때는 집 안을 뚫어져라 살펴보았다. 그러나 슬기도 다른 식구들도 보이지 않았다. 슬기한테도 인사를 못 하고 떠나는 게 마음에 걸렸다. 생각해보니 방학 동안 재미나게 지낸 친구였는데.

엄마가 말없이 내 손을 잡았다. 나는 어색해서 손을 슬쩍 뺐다.

"너 그러는 거 아니다. 엄마 섭섭하다."

"내가 어린애야, 창피하게……."

"창피하기는. 엄마가 아들 손잡는데……. 늘 함께 있다가 처음으로 떨어져 있으니까 어때? 엄마 품이 그립지? 엄마 품에서 편하게 지내다가 집 밖을 나가니 고생인 줄 알겠지? 네가 말 안 해도 얼굴에 다 쓰여 있어."

엄마는 고소하다는 듯 통쾌한 표정을 지었다. 그동안 어떻게 지냈는지 내게 물어보지도 않고, 엄마의 상상으로만 단정을 지었다. 그런 엄마에게 보기 좋게 한 방 먹이고 싶었다.

"농장에서 사는 게 좋았거든!"

"어머, 얘 말하는 것 좀 봐! 좋긴 뭐가 좋아!"

엄마는 내 반기에 섭섭한 표정을 지었다.

"지 삼촌이랑 잘 통했나 보지. 내 동생 봉삼이가 원래 화끈한 애였어. 너무 화끈해서 고등학교도 중간에 때려치우고, 진득하니 회사도 못 다니고, 셈법이 약해서 장사도 못 해먹고……. 그래도 아버지가 사시다가 돌아가신 땅에 들어가서 사는 게 얼마나 다행이야. 아버지 생전에 마지막으로 정 붙이며 일구던 땅을 그냥 내버려둔 게 마음에 걸렸는데……."

아빠는 할아버지 이야기를 하면서 왠지 목소리가 촉촉하게 젖어들었다.

"동물 키우고 사는 게 적성에 맞나 봐. 농장 보니까 나름대로 잘 꾸

려가고 있던데……. 사람마다 자기가 잘하고 좋아하는 일이 따로 있
어! 우리 준서도 삼촌과 잘 지낸 것 같아서 기분이 좋아. 시멘트 공간
에 살다가 흙 밟으니까 나도 기분이 묘하게 편해지더라고."

"어떻게 묘하게 편해져?"

엄마가 갑자기 아빠 말을 되풀이하면서 물었다.

"나도 여기 와서 살고 싶은 마음이 들더라고. 흙이랑 숲이랑 하늘이
랑…… 늘 꽉 막혀 있던 가슴이 마음껏 숨을 쉴 수 있더라니까."

"세상에 어떻게 좋은 것만 하고 살아. 누구는 자연과 더불어 살면 좋
은 줄 모르나? 다 먹고살려고, 우리 준서 공부시키려면 열심히 일해야
지."

엄마가 아빠 뒤통수에 대고 볼멘소리를 했다. 결국은 나 때문에 엄
마 아빠가 힘들게 산다는 뜻이었다. 그런 말을 들을 때마다 마치 내가
죄인이 된 것 같고, 나도 그 죄인에서 벗어나고 싶은 마음이 불끈 치솟
았다.

"삼촌도 새벽부터 일어나 해질 때까지 열심히 일하거든."

삼촌은 마치 놀면서 즐기기만 하는 것처럼 평가하는 게 아닌가. 사
람들이 대부분 자기 기준으로 세상 잣대를 재는 게 일방적이어서 짜증
났는데, 아빠와 엄마도 마찬가지였다. 엄마 아빠는 남들과 좀 달랐으
면 하는 바람이 너무 컸나?

"누가 모르냐! 농촌에서는 더 부지런해야지 농장을 꾸려갈 수 있지.
너도 삼촌 도와준 티가 얼굴에 줄줄 흐르는데……."

엄마가 내 얼굴을 힐끗 보면서 못마땅한지 입술을 실룩거렸다.

차는 어느새 동물 병원 앞에 섰다. 나는 가슴이 뛰었다. 칸의 상처가 많이 좋아졌을까 궁금하기도 하고, 칸과 헤어지는 게 슬프기도 했다.

동물 병원 문을 열고 들어가면서 꾸벅 인사를 하자 수의사 누나가 아는 척을 했다.

"칸 보러 왔구나!"

"칸! 칸, 괜찮아?"

나는 상자 앞으로 가서 앉았다. 그러자 누나가 다가와서 문을 열어 주었다. 칸이 멍멍 짖으며 내 품으로 파고들었다. 나는 칸을 꼭 안으면서 울컥했다. 칸이 다친 게 마음 아프고, 그동안 정이 흠뻑 들었는데 헤어져야 된다니 슬픔이 차올랐다. 멧돼지한테서 나를 구해줬는데도 아픈 칸을 놔두고 집으로 돌아가야 하다니. 갑자기 내가 의리도 없는 녀석 같았다.

"칸, 많이 아팠지! 미안해! 정말 미안해!"

나는 칸에게 어떻게 작별 인사를 해야 될지 몰라 망설였다.

"여름에 다쳐서 상처가 더 더디게 낫네. 상처만 아물면 농장으로 돌아가서 마음껏 뛰어다니면 건강을 빨리 회복할 수 있어."

"난 지금 집으로 가야 해요. 칸이 아직 다 낫지도 않았는데……."

"어머, 그렇구나! 칸이 섭섭해서 어떡하니?"

수의사 누나가 칸을 쓰다듬어주면서 달래는 듯했다. 이때 엄마가 문을 열고 얼굴을 내밀었다.

"너 안 나오고 뭐 하니? 기다리잖아."

나는 그제야 엄마한테 눈물을 보이지 않으려고 손등으로 훔쳤다.

"어머, 너 지금 우니? 개가 좀 다쳤다고 그렇게 우니?"

엄마가 다그치듯 물었다.

"엄만 아무것도 모르면서. 칸은 그냥 개가 아니야!"

칸이 내 품에서 '웅웅.' 소리를 내며 슬퍼했다. 칸도 알고 있었다. 지금이 나와 헤어지는 순간이라는 걸. 엄마가 칸을 무시하는 것 같아 서럽고 속상해서, 그만 흑흑 소리 내어 울고 말았다.

"오랜만에 엄마를 보고도 멀뚱하더니…… 개랑 헤어진다고 눈물을 펑펑 쏟네. 아이고, 나 참!"

엄마가 문을 탁 소리가 나도록 닫고 나갔다. 엄마가 몹시 섭섭해하는 것 같았지만, 지금은 칸과 헤어지는 게 더 마음이 아팠다.

칸은 그냥 개가 아니다! 나와 영혼이 통하는 친구고 멧돼지로부터 나를 구해준 고마운 동지였다.

13. 내 가슴의 비상구 🏃

　엄마 아빠는 아무것도 모르면서, 늘 다 아는 척을 했다.

　"방학 동안 실컷 놀았으니까 중학교 마무리 학기 열심히 해."

　아빠는 큰 선심을 쓴 것처럼 말했다.

　"다른 애들은 방학에도 쉬지 않고 학원 다니면서 고등학교 준비했다더라. 넌 어떡하니?"

　엄마는 방학 전보다 걱정이 더 태산 같았다. 아빠랑 같이 있을 때는 아빠의 선택이 잘못되었다는 걸 증명하듯 내 행동에 꼬투리를 잡았다.

　"괜히 공부 잘하는 애를 농장에 보내 바람 들어갔잖아! 요즘 책상에 앉아서 멍 때리고 있는 거 보면 그 마음속을 알 수가 없어. 공부하는 것도 못 보겠고. 학원은 꼬박꼬박 가는지 몰라."

　난 농장에 가기 전에도 공부에는 별 취미가 없었다. 물론 공부를 취미로 하는 사람은 별로 없겠지만, 남들이 하니까 어쩔 수 없이 학교 가고 학원에 다니고 하는 정도였다. 그러니 늘 시큰둥해 있었고, 엄마 아빠와 눈을 마주치는 것조차 피했다. 나도 내 마음을 알 수가 없을 정도로 모든 일에 짜증이 폭발했다. 이상하게도 여름방학 동안 농장에서 지내면서 그 짜증스러움이 자연스레 내 마음에서 떠났다. 그런데 다시 돌아오니 모든 게 갑갑하고 짜증도 시작되었다.

"사춘기 때는 누구나 다 겪는 일이야! 나도 그럴 때가 있었는데, 공부하면서 속으로 삼켰어."

아빠가 그런 말을 할 때는 왠지 자존심이 상했다. 나는 인내심도 없고, 공부로 들끓는 마음을 삼킬 줄도 모르는 아이다. 친구들과 이런 고민을 털어놓을 만큼 성격이 활달하지도 않았다.

개학을 하고 나서 한 가지 달라진 점이 있다면, 친구들이 나를 뻥쟁이로 몰았다는 것이다.

"이 자식 은근히 뻥을 잘 치네! 네가 멧돼지를 만났으면 나는 호랑이 사냥을 했겠다."

"너 방학 동안 도대체 뭐 하고 왔기에 얼굴이 새까맣게 탔냐? 농장에서 알바해서 얼마나 벌었냐?"

"지가 동물 왕국의 왕인 것처럼 말하네. 너 방학 동안 많이 컸다!"

내가 친구들에게 삼촌의 동물 농장에서 지낸 이야기를 하면서 멧돼지를 만나 혼이 났다는 얘기가 빌미가 되었다. 전에는 말도 잘 안 걸던 녀석들이 나를 툭 치면서 이상하게 몰고 갔던 것이다.

내가 봐도 내 얼굴과 손이 유난스럽게 새까맣게 탔다. 다른 아이들은 대부분 방학 동안 학원 몇 개를 다니고, 무슨 특별 과외를 받았다는데 내 얘기가 엉뚱하게 들렸던 모양이다.

"나 진짜 멧돼지 만났거든. 내가 멧돼지한테 물려 죽을 뻔했는데 양치기 개 칸이 목숨을 걸고 날 살려줬어. 거짓말 아니거든."

나도 호락호락 당하지 않으려고 우겼다. 그러나 아이들은 내가 우길수록 이상한 아이로 몰았다. 방학 동안 내가 마치 이상한 세상에 빠졌다가 온 것처럼 몰아갔던 것이다. 내 말을 믿어주지 않는 아이들이 더 이상했다. 아파트에서 태어나 살고 있는 아이들에게는 아주 먼 나라, 비현실적인 공상에 불과했던 것이다. 그러니 내가 아무리 얘기해도 뻥쟁이로 몰아버렸다. 나도 더는 상대하기 싫어서 무얼 물어도 대답해주지 않았다. 내가 거짓말을 한 것도 아닌데 거짓말쟁이로 놀리는 게 아닌가.

하루는 오전 시간이 다 끝날 무렵에 우연히 창밖을 보았다. 시월의 하늘이 바다처럼 푸르고 깊어서 저 속에 풍덩 뛰어들고 싶었다. 어디서 나타난 걸까. 푸른 하늘에 하얀 뭉게구름 한 조각이 한가로이 떠다니고 있었다. 칸과 함께 달리던 그 초원에도 뭉게구름이 떼 지어 떠다녔는데……. 마치 구름 한 조각이 흘러서 나를 찾아온 것 같았다.

'칸은 어떻게 되었을까? 더 아프지는 않겠지? 농장으로 돌아가 양치기를 하고 있을까?'

칸의 생각이 떠오르자 마음이 절절했다. 내 생각에 빠져서 칸을 궁금해하면서도 삼촌한테 전화도 걸지 않았다. 여름방학 동안 잠깐 스쳐간 인연이라고 넘겼다. 그런데 지금 이 순간, 삼촌이 보고 싶고 칸의 소식이 궁금하고, 무녀리들은 잘 자라고 있을까, 농장의 모든 일이 눈앞에 펼쳐졌다.

"강준서, 공부 시간에 웬 한눈을 팔고 있냐?"

내 이름을 부르는 소리에 정신이 번쩍 들었다.

"날아가는 새 보냐? 너한테 뭐라고 해?"

아이들이 까르르 웃었다. 나는 지적을 당하고 나니까 창피해서 얼굴이 화끈거렸다. 때마침 종이 울렸다. 안 그랬으면 벌을 서든지 더 창피를 당했을 것이다. 곧 점심시간이니까 이쯤에서 넘어갈 수 있었다.

아이들이 식당으로 향하는데, 나는 가방을 챙겨 들고 학교를 도망치듯 빠져나왔다. 문득 선생님이 '너한테 뭐라고 해?'라고 했을 때, 나도 모르게 마음속에서 대답이 나왔다.

'칸이, 양 떼가, 무녀리가, 초원이 나를 기다리고 있다네요.'

삼촌 생각이 간절했다. 그러나 지금 아빠한테 삼촌 핸드폰 번호를 물어볼 시간이 아니었다. 곧장 집으로 갈 시간대도 아니고. 막상 학교를 벗어났지만 마땅히 갈 데도 없었다. 일 학기 때도 교실에 앉아 있기 싫다고 학교를 슬며시 빠져나와 집으로 갔다가 발각된 일이 있었다. 두 번 중에 한 번은 무사히 넘겼지만 한 번은 같은 동에 사는 아주머니가 엘리베이터에서 나를 만난 이야기를 퇴근하는 엄마에게 고자질한 것이다.

엄마는 무슨 일이냐고 다그쳤고, 나는 그냥 교실에 앉아 있기 답답해서 집에 왔다고 대답했다. 엄마와 아빠는 내게 큰일이라도 벌어진 줄 알고 상담사를 찾아가고, 담임 선생님께 학생 관리를 어떻게 하느냐고 따졌다. 그 이후로 나는 여름방학이 될 때까지 숨죽여 학교를 다녀야 했다.

나는 바로 눈앞에 보이는 공원으로 갔다. 의자에 앉아 멍하니 하늘을 바라보고 있는데, 비둘기 몇 마리가 날아와 앉았다. 부리로 땅을 콕콕 찍으면서 종종걸음으로 돌아다녔다. 비둘기들의 모습을 지켜보는데 한갓진 공원의 풍경이 나를 더 막막하게 했다.

어떤 아저씨가 의자에 앉으며 물었다.

"왜 혼자서 멍 때리고 있냐?"

"그냥요."

"그냥 뭐? 뭔데? 학생이 학교에 안 가고 뭐 해?"

이상한 아저씨였다. 시비 걸듯이 말하는데 입에서 술 냄새가 풀풀 풍겼다. 나는 책가방을 들고 자리를 떴다.

"저런! 저런! 학교도 안 가고 땡땡이치는 주제에……. 어른이 물으면 대답을 해야지."

뒤통수에 대고 비난하는 소리에 쫓기듯 얼른 공원을 빠져나왔다. 어디로 가야 할지 몰라 갈림길에서 주저주저했다. 혼자 책가방을 메고 돌아다니기에 세상은 너무 좁고 보는 눈은 무한대였다.

딱히 가보고 싶은 데도 없고, 해보고 싶은 일도 없고, 차라리 피시방에 가서 시간을 때우는 게 나을 것 같았다. 호주머니를 뒤적이자 피시방에서 딱 한 시간 놀 정도의 돈만 나왔다. 주위를 두리번거리다가 지하에 있는 피시방으로 들어갔다. 이럴 때는 지하실이 내가 숨기에 마음 편했다.

문을 열고 들어서자 어두침침한 공간에서 퀴퀴한 곰팡내가 콧속을 파고들었다. 삼촌의 농장에 처음 갔을 때도 똥 냄새에 구역질이 났다. 그러나 농장에서 맡았던 냄새와 피시방에서 풍기는 냄새는 퀴퀴했지만 전혀 다른 냄새였다.

나는 계산을 치르고 구석진 자리를 잡아 앉았다. 배틀그라운드 게임에 한창 빠져 있는데, 누군가가 옆구리를 쿡 찔렀다. 바로 옆에 앉아 있던 나보다 몇 살 위로 보이는 형이 씩 웃는 게 아닌가. 아주 기분 나쁜 웃음에 등골이 오싹했다. 딱 봐도 불량 형이었다.

"야, 너 돈 가진 거 있지? 없다고 하지 마, 새끼야."

"진짜 없어요."

"없으면 빌려서라도 컵짜장 하나! 빨랑빨랑 움직여!"

내가 멀뚱히 보고 있자 발길질을 하면서 내 종아리를 툭툭 걷어찼다. 다리가 아픈 것보다 한순간 머릿속이 아득했다. 더럭 겁이 났다. 온갖 나쁜 상상이 섬광처럼 떠올랐다. 돈이라도 있으면 얼른 주고 이 위험에서 빠져나가고 싶었다. 그러나 호주머니에는 백 원짜리 동전 하나만 달랑 있었다. 그 동전이라도 내놓을까 망설이는데 이번엔 손으로 머리를 툭 쳤다.

"왜 때려요? 우리 아빠도 나 안 때리는데……."

나도 모르게 반발심이 불끈 튀어나왔다. 그러자 불량 형은 웃긴다는 듯이 또 툭 쳤다. 가만히 있으면 계속 맞을 것 같았다. 내가 가만히 맞고 있으면 구석진 자리라 아무도 모를 것이다.

나는 벌떡 일어나며 또 큰 소리로 따졌다.

"왜 자꾸 때려요!"

그제야 드문드문 앉아 있던 사람들이 쳐다보았다. 카운터에서 요금을 받던 주인아저씨가 급하게 왔다.

"뭐야? 왜 그래? 왜 그러는 거야?"

아저씨는 잰걸음으로 오면서 계속 물었다.

"아무것도 아니니까 신경 꺼요."

불량 형이 아저씨를 힐끗 돌아다보며 툭 내뱉었다.

"이 형이 자꾸 나 때려요. 컵짜장 사오라고. 난 돈도 없는데……."

피시방 주인에게 고자질하듯이 불량 형 눈치를 보면서 말했다. 그러자 주인은 불량 형의 어깨를 툭 치면서 일어나라는 시늉을 했다.

"먹고 싶으면 자기 돈 내고 사 먹어야지 왜 모르는 사람한테 시비 걸어. 이러면 다시는 여기 못 들어오게 할 거야. 다른 자리 가."

"난 여기가 좋아요. 아저씨가 이 자리 줬으면 그만이지 손님한테 이렇게 불친절해도 되는가? 에이 씨! 이 새끼 때문에……."

불량 형은 일어나면서 또 내 머리를 툭 쳤다. 나는 아직 시간이 30분 정도 남아 있지만 무서워서 앉아 있을 수가 없었다. 가방을 들고 나오는데 주인아저씨가 내 뒤통수에 대고 한마디 했다.

"학교 안 가고 피시방에 오니까 그렇지."

아저씨 말에 얼굴이 화끈했다. 나는 부리나케 피시방을 나와 계단 끝에 올라섰다. 그러고는 안도의 긴 숨을 내쉬었다. 바로 그때 뒤에서 후닥닥 소리가 나더니 또 뒤통수를 쳤다. 불량 형이 뒤따라 나온 것이다. 나는 제대로 대들지도 못하고 집 방향으로 내달렸다. 불량 형도 뒤따라 뛰어오면서 몇 번 내 뒤통수를 치고는 침을 딱 뱉고 돌아섰다.

눈물이 나고 분통이 터졌지만 내게는 덤빌 만한 오기도 없었다. 맞붙어 싸울 용기도 없었다. 뒤돌아가는 불량 형을 보면서 다시 쫓아올까 봐 오히려 도망쳤다. 괜히 학교에서 나왔나 후회되었다. 차라리 집으로 갈걸. 그랬으면 저런 불량배한테 찍혀서 비굴하게 맞고 도망치지는 않았을 텐데.

"아유, 나쁜 새끼! 지가 뭔데 날 때려!"

나는 혼잣말로 구시렁거리면서 참았던 분통을 터뜨렸다. 나이만 많으면 다야! 무섭게 생기면 남을 막 때려도 돼! 나는 생각할수록 속상했다. 결국은 부당하게 맞고도 말 한마디 제대로 하지 못한 내 자신이 바보 멍청이 같았다. 갑자기 세상이 너무 무섭다는 생각이 들었다.

삼촌한테 전화를 걸고 싶었다. 지금 당장 누구라도 붙잡고 얘기를 하고 싶은데, 삼촌 외에는 아무도 떠오르지 않았다. 아빠한테 전화번호를 물어봐야 할 것 같았다. 왜 삼촌과 함께 지내면서도 전화번호를 물어보지 않았는지……. 그때는 내게 핸드폰이 없으니까 물어볼 생각조차 하지 않았다.

아빠에게 전화를 걸었다. 아빠가 따져 물으면 달리 답할 내용도 준비하지 않고 무작정 걸었다.

"왜? 학교 아니냐?"

내가 아빠한테 학교에서 전화 건 일은 여태껏 한 번도 없어서 좀 놀라는 말투였다.

"노는 시간. 삼촌 전화번호 좀 가르쳐줘."

"여름 내내 같이 있어놓고도 몰랐어?"

"농장에서 서로 전화 걸 일이 없잖아. 갑자기 끌려오는 바람에 미처 못 챙겼어."

"그래라. 삼촌한테 안부 인사도 하고……."

아빠가 이유도 묻지 않고 너무 쉽게 내 부탁을 들어주었다. 괜히 혼자서 마음을 졸인 게 바보스러울 정도였다. 아빠가 문자로 전화번호를 보냈다. 나는 일단 조용하고 안전한 곳을 찾아서 건물의 후미진 화단 뒤로 갔다. 아무도 내 전화를 방해 못할 것이다.

신호음이 가는 동안에 왜 이렇게 가슴이 뛰는지…….

"네."

삼촌의 투박한 목소리가 귓속을 파고드는 순간, 여름날의 기억이 한꺼번에 떠올랐다. 나는 얼른 말하지 못하고 킁킁거리며 목을 가다듬었다. 목이 잠겨 들어가는 것 같았다.

"누구요?"

"삼촌, 저 준선데……."

"아이고, 이게 누구냐! 야 인마, 이제야 삼촌한테 전화하는 거야, 응? 응?"

삼촌의 목소리에 그만 울컥했다. 반갑게 맞아주니까 단단히 뭉쳐져 있던 가슴이 한순간에 풀렸다.

"삼촌……."

나도 모르게 응석받이처럼 볼멘소리를 냈다.

"너 왜 그래? 무슨 일 있냐?"

내 목소리에 이상한 기류를 느꼈을까. 삼촌이 좀 놀란 듯했다.

"아뇨. 삼촌 목소리가 듣고 싶어서…… 그냥 전화했어요."

"그냥이 아닌데."

삼촌은 보지 않고도 내 마음을 꿰뚫어보는 초능력을 지녔나. 삼촌의 한마디에 나는 마음의 빗장이 풀리는 듯했다.

"지금 공부 시간인데 교실에 앉아 있기 싫어서 나왔어요. 집에서는 몰라요."

왜 삼촌한테는 술술 털어놓고 싶을까.

"그랬구나! 그럴 수도 있지!"

삼촌이 이렇게 말해주니까 내 편을 얻은 것 같았다. 따지지도 않고, 훈계도 하지 않고, 야단을 치지도 않고, 나를 이해해주는 사람이 있다는 게 마음 든든했다.

"우리 준서가 많이 힘든가 봐?"

"그냥……. 칸은 어떻게 됐어요? 다 나았어요? 양치기 개로 돌아왔어요?"

"야 인마, 그렇게 궁금한데 이제야 전화했냐? 칸은 잘 지내. 칸 보고 싶지?"

"보고 싶어요. 무녀리들은 많이 자랐어요? 잃어버린 양은 돌아왔어요?"

"아이고, 궁금한 것도 많다. 방학 동안 함께 지냈다고 정이 들었구나. 언제 한번 놀러 와서 네 눈으로 봐라."

삼촌이 내 마음을 꿰뚫고 있었을까. 나는 당장이라도 달려가고 싶었다. 삼촌의 농장으로 가면 오늘 같은 험한 꼴도 당하지 않고, 칸과 함께 마음대로 초원을 뛰어다닐 수 있을 텐데.

"삼촌한테 지금 가면 안 돼요?"

"학교는? 엄마 아빠한테 얘기해야지. 그냥 오면 삼촌이 곤란해지잖아?"

"그러네요."

나는 그만 기가 죽었다. 삼촌도 내 지금 이 방황하는 마음을 다 받아주지는 못했다. 삼촌이 곤란하다는 것도 이해할 수 있었다. 그래도 지금 갈 곳 몰라 방황하는 나를 온전히 안아주기를 바랐는데…….

내가 가만히 있자 삼촌이 또 다른 제의를 했다.

"준서야, 삼촌이 아빠한테 전화해볼게. 전화해서 네가 많이 힘들어하니까 잠깐 숨 돌릴 틈을 주자고 말할게. 그러면 네 아빠도 다 이해할 거야."

"언제 할 거예요?"

"그걸 미루냐! 지금 당장 할 거니까 미리 걱정하지 말고……. 알았지? 삼촌 믿어!"

삼촌은 역시 시원시원하게 해결하려고 적극적이었다. 삼촌이 사회 경험을 많이 해봐서 그런 건가? 나는 오늘 공원에서 만났던 술 취한 아저씨 이야기며, 피시방에서 불량 형을 만나서 맞은 일까지 죄다 일러바쳤다. 삼촌이 욕해주기를 바라면서. 그런데 삼촌은 놀라기는커녕 껄껄 웃으면서 오히려 내게 방향을 돌렸다.

"네가 학교 빼먹고 혼자 여기저기 기웃거리니까 그런 인간들 만나는 건 당연하지."

"삼촌, 과거가 의심스러워요."

"하하. 내가 과거가 있으니까 잘 알지. 네 아빠처럼 샌님들은 몰라. 명심해라! 바깥세상은 청소년 혼자 돌아다니면 그런 함정과 위험이 곳곳에 도사리고 있어. 준서 네가 삼촌을 생각한 건 정말 잘한 일이야. 내게는 그런 사람이 없었어. 형은 모범생이었거든. 아버지는 무서웠고."

"오늘 당해보니까 어휴, 진짜 겁나서 도망치는데도…… 막 따라오면서 머리 때리더라고요. 진짜 무섭더라고요."

"오늘 세상 무서운 경험 톡톡히 치렀네. 곧 얼굴 보자."

나는 전화를 끊고 곧장 집으로 향했다. 삼촌이 아빠한테 전화해서 잘 이해시켜주겠다고 했으니 믿고 싶었다. 나를 방학 동안 삼촌한테 보낸 것도 믿음이 있으니까 할 수 있는 게 아닌가.

학원까지 빼먹고 내 방에 처박혀서 온갖 상상을 떠올렸다. 아빠가 많이 놀랐을까, 화가 났을까, 엄마한테 전화를 했을까? 삼촌이 잘 이해시켰는지도 알 수가 없었다. 삼촌한테 전화 걸어서 어떻게 되었는지 물어보고 싶었다. 하지만 어차피 한 번은 치러야 할 일이라면 기다려보는 수밖에.

전화벨이 울렸다. 전화를 받기 전에 먼저 마음을 굳게 먹고 호흡을 가다듬었다. 막상 맞닥뜨리고 나자 무슨 날벼락이 떨어질지 몰라 불안했던 것이다.

"지금 어디냐?"

"집이야."

"학원 안 갔구나. 삼촌이랑 통화 잘했냐?"

"응."

나는 잔뜩 긴장을 하면서 다음 말을 기다렸다.

"어디 나가지 마라. 아빠 오늘 일찍 들어갈 테니까 그때 서로 털어놓고 얘기하자."

아빠가 먼저 전화를 끊었다. 일단은 날벼락이 떨어지지 않아서 다행이라며 한숨을 돌렸다. 그러나 엄마 반응은 어떨지……. 엄마는 좋은 말로 그냥 넘어가지 않을 게 뻔했다.

평소에는 엄마가 늘 먼저 퇴근해 오는데, 오늘은 아빠가 더 일찍 왔다. 아빠가 왠지 단단히 벼르고 온 것 같았다.

"엄마도 곧 올 거야. 그 전에 나하고 먼저 얘기해보자. 무슨 문제가 있는 거니?"

"그냥…… 교실에 앉아 있기 싫었어. 갑갑해서…….."

나는 변명처럼 더듬거렸다. 아빠도 내 말에 한숨만 쉬면서 가만히 있었다. 그 틈을 타서 내 뜻을 전하는 게 차라리 나을 것 같았다.

"내가 학교에 영 안 가겠다는 게 아니고, 그냥…… 갑갑해서…….."

"그럼 학교 안 가고 뭐 할 건데? 삼촌 농장에 가 있으면 다 해결되는 건 아니잖아?"

"……."

"뭐라고 네 생각을 얘기 좀 해 봐라. 아빠가 무조건 안 된다고 결론지은 건 아니니까. 지금 네 나이 때 한순간의 선택이 얼마나 중요한 시기인 줄 몰라서 그래. 아빠가 이해 못하는 건 아냐. 아빠도 네 나이 때는 그랬으니까. 그래도 학교에 안 가겠다고, 수업이 끝나지도 않았는

193

데 학교를 뛰쳐나오는 짓은 하지 않았어. 너 일 학기 때도 그랬잖아. 그냥 지나가는 사춘기인 줄로 알았는데, 계속 이어지니 좀 당황스럽구나."

결국 아빠는 실망스러운 표정을 지었다. 나도 딱히 더는 무슨 말로 내 마음을 설명해야 될지 몰랐다. 학교에서 나온 게 큰일인지, 삼촌한테 가고 싶다고 말한 게 더 큰일인지 헷갈렸다.

엄마가 돌아오고 나서 잠시 멈추었던 대화는 또 시작되었다. 엄마는 뒤늦게 내 오늘 일과를 아빠한테 들었는지 몹시 놀라는 표정을 지었다.

"방학 때 실컷 놀고 나면 좀 마음을 잡을 줄 알았는데, 또 학교 빼먹고 왔니? 사는 게 장난인 줄 알아! 세상에 자기 하고 싶은 대로 다 하고 사는 사람이 어디 있니? 넌 어쩜 네 멋대로야! 내년이면 고등학생이 되는데 이러면 어떡해, 응?"

엄마가 빈틈없이 쏘아대니까 변명할 여지도 없었다. 아빠도 입을 꾹 다물고 나를 멀뚱히 보기만 했다.

왜 하늘이 무너질 듯 세상 끝장이 난 듯이 비관적일까. 내가 어디 먼 곳으로 도망치는 것도 아니고, 말썽을 부려서 엄마 아빠를 곤란에 빠뜨리는 것도 아닌데. 집, 학교, 학원을 날마다 뺑뺑이 돌면서 하루하루 버티는 게 내겐 더없이 힘겹고 숨이 막힐 뿐이었다.

"고등학교 가면 지금보다 더해!"

엄마는 내가 아무 말도 하지 않자 더 윽박질렀다.

"내가 삼촌 농장에서 영영 산다는 것도 아니고, 잠깐 다녀오는 것도

194

안 돼? 학교 며칠 결석한다고 큰일이 나는 것도 아니잖아. 체험 학습이나 수학여행 다녀오는 것처럼 가벼운 마음으로 다녀올게. 칸도 보고 싶고, 내가 돌보던 무녀리도 어떻게 자랐나 보고 싶고……."

나도 한 발짝 물러서면서 내 마음을 전했다.

"개하고 닭하고 양이 엄마 아빠보다 중요해? 응? 지금 네게 가장 중요한 건 공부야, 공부!"

"내가 마음이 아픈데 공부만 열심히 하면 되는 거야? 나도 다 생각이 있어."

나도 그만 울컥하고 말았다. 엄마가 이상하게 비유를 하면서 선택을 강요했다. 내가 몸이 아플 때는 병원이니 영양제니 영양식이니 가리지 않고 최선을 다해주면서, 왜 마음이 아픈 거는 무시하는 걸까. 마음이 아픈 게 더 아픈 건데, 그걸 이해해주지 못하니까 나도 답답해서 숨이 막힐 지경이었다.

더 이상은 얘기가 진전이 되지 않고, 내가 얘기를 해도 이해해주려고 하지도 않았다. 나는 내 마음을 조금도 헤아려주지 않은 엄마 아빠한테 폭발하고 말았다.

"난, 난, 나중에 동물들 돌보는 수의사가 되고 싶어! 곤충을 연구하는 학자도 되고 싶어! 그런데 엄마는 내가 어릴 적에 집에 병아리 가져왔던 거 몰래 갖다 버렸지? 아빠는 내가 울면서 매달려도 모른 척했지? 삼촌 농장에 가서야 알았어. 내가 누군가를 돌볼 수 있는 능력이 있다는 게 얼마나 행복한지 그동안 몰랐어. 그런데 엄마는 나한테 변호사가 되라고 하잖아. 돈 많이 번다고……."

"어머, 얘 좀 봐라! 여보, 뭐라고 말 좀 해. 얘가 농장에 가겠다고 아예 작전을 짰네."

엄마는 끝까지 내 진심을 왜곡하면서 오히려 아빠에게 편이 되어달라는 듯이 아빠 옆구리를 쿡 찔렀다.

"그랬구나! 우리 준서가 그런 꿈을 가졌구나! 아빠 미처 몰랐어. 아빠가 살아온 방식만 너한테 강요한 것 같구나."

"당신 지금 무슨 말을 하는 거야? 애랑 똑같이 장단 맞춰주면 어떻게 하자는 거야!"

엄마가 갑자기 소리를 질렀다. 그러자 아빠가 조금 움찔하더니 오히려 엄마 손을 잡고 웃는 게 아닌가.

"우리는 우리가 살아오고 살아가는 세상이 있고, 우리 아들은 자기가 살고 싶은 세상이 있는 거야. 그러니 지금 당장 큰일이라도 일어난 것처럼 하지 말고…… 자기 꿈에 가까이 갈 수 있는지, 미리 체험해보면서 적성에 맞는지 알아보는 게 훨씬 지혜로운 거지. 당신도 잘 생각해봐! 매일 집과 회사만 오가는 게 지겹다고 했잖아. 우리 준서는 그런 삶이 아니라 다른 삶을 살고 싶다고 지금 우리한테 말하는 거야."

아빠가 엄마를 설득하는 게 아닌가. 그러자 엄마도 굳이 고집을 부리지 않고 하룻밤만 생각해보자면서도 미리 부탁을 했다.

"학교 그만두겠다는 건 안 돼! 난 그렇게 통 큰 엄마가 아니야! 이거하나는 명심해."

엄마는 답답하다는 듯 손으로 부채질을 하면서 나갔다.

14. 나만의 첫 모험

여행을 떠나는 기분으로, 체험 학습을 가는 기분으로 집을 나섰다. 그러니 한결 마음도 가볍고, 재미난 일이 기다리고 있을 것 같아 설레기도 했다.

여름방학 때처럼 갑자기 끌려가는 게 아니라, 내 의지로 갈 수 있어서 자신감이 붙어 기분이 더 좋았다. 스마트폰도 챙기고, 특별히 용돈도 듬뿍 받아 챙겼다. 갈아입을 옷과 곤충 세계 도감도 가방에 넣었다.

"정말 혼자 갈 수 있겠니?"

엄마는 집을 나서는데 또 걱정이다. 아직도 나를 어린애 취급을 하면서 믿지 못하다니. 내 의사를 물어보지도 않고 일방적으로 차에 태워 보낼 때는 언제고, 내 발로 가겠다니까 불안해하는 건 무슨 마음인지 도무지 헷갈렸다.

"걱정 마! 농장으로 가는 차편을 다 챙겼으니까. 내 능력으로 차도 타고 여행을 할 수 있어야 나도 당당할 수 있잖아?"

나는 자신만만하게 밀고 나갔다. 그래야 걱정을 좀 덜어줄 수 있을 것 같고, 내게 너무 간섭하지 않았으면 하는 뜻도 포함되어 있었다.

"가자, 전철역까지는 태워줄게."

아빠는 엄마가 계속 잔소리를 할까 봐 일부러 내 어깨를 밀면서 현관문으로 밀어냈다. 아빠는 차 안에서도 할 말이 있는 듯 나를 힐끔 보았다.

"내가 왜 방학 동안 삼촌한테 보낸 줄 알아? 거기가 네 할아버지 땀과 노동과 마음이 배어 있는 곳이야. 그리고 네가 어릴 적에 삼촌한테 동물원에 놀러 가자고 졸랐잖아? 기억 안 나?"

"나도 잘 몰랐는데, 방학 때 삼촌이 얘기해줬어. 동물원에 갔다가 밤 늦게 들어가서 엄마랑 아빠가 난리가 났다고……."

"그래서 널 삼촌한테 보낸 거야. 네가 학교에 적응하는 것도 힘들어하고, 혼자 교실을 빠져나와 집에 있다니까 내 마음이 무너지더라. 네 삼촌이 학교 다닐 때 그랬거든. 그래서 아버지가 자꾸 윽박지르니까 영영 집을 나가버리더라고. 나중에 아버지가 후회를 많이 하셨지. 난 그런 전철을 안 밟으려고 어릴 적부터 동물원! 동물원! 외치는 널 삼촌 농장에 보내준 거야. 미리 말하면 또 어깃장을 놓을까 봐 깜짝 놀라게 해주려고 데려다준 건데, 지나고 나니까 네가 적응을 잘한 것 같아. 아빠는 널 믿어! 딱 삼 일만 지내다 오는 거야. 그리고 또 언제 아빠랑 같이 가든지."

"아빠도 가고 싶어?"

"그럼. 너만 마음의 휴식이 필요한 게 아니라 아빠도 엄마도 마찬가지야."

아빠와 엄마가 회사에 묶여 마음대로 휴식도 취하지 못한다는 게 마음에 걸렸다. 내가 해결해줄 수 없는 문제라서 좀 답답했다.

아빠는 전철역 앞에 차를 세웠다. 내가 차에서 내리자 아빠는 창문 사이로 손을 내밀고 잘 갔다 오라며 손을 흔들었다. 아빠가 이렇게 자연스럽게 보내주니까 마음이 한결 가벼웠다.

2호선 전철을 타고 사당역에 내렸다. 사당에서 시외버스를 타고 또 한 시간 넘게 가야 했다. 미리 스마트폰에서 인터넷 검색을 해서 다운로드를 받아놓아, 시외버스를 타는 장소와 시간까지 알아두어서 거리에서 방황하는 일은 없었다. 버스를 기다리는 동안 나는 마치 여행자가 된 기분에 한껏 들뜨기도 했다. 혼자서 이렇게 긴 거리를 다녀본 적이 없어서 마치 모험을 떠나는 용감한 모험가 같은 기분도 들었다.

'나 혼자서도 할 수 있잖아!'

나는 주먹을 불끈 쥐고 승리에 찬 기분을 만끽했다. 20분쯤 지나자 시외버스가 왔다. 시외버스를 타고 또 한 시간 남짓 지나서 다른 도시 톨게이트에 내려서 다시 시외버스를 기다렸다. 들뜬 기분 사이사이에 나 혼자서도 해낼 수 있다는 자신감과 농장에 찾아갈 수 있을까 하는 막연한 두려움이 교차했다. 한 번에 가는 차편이 있으면 모험이 훨씬 쉬울 텐데. 그러나 삼촌의 농장은 산골 깊숙이 자리 잡고 있어서 여러 번 갈아타야 했다.

톨게이트에서 다시 시외버스를 타고 30분쯤 달려서 낯익은 사강 읍내에 내렸다. 아빠 차를 타고 올 때보다 훨씬 번거롭고 시간이 많이 걸렸다. 아침 일찍 출발했는데, 한 시가 다 되었다. 배에서 꼬르륵 소리가 나고 허기가 져서 주저앉고 싶을 지경이었다. 그러나 배고픈 것보다 더 빨리 농장으로 달려가고 싶었다. 삼촌한테 전화를 할까 하고 번호를 찾았지만 그만두었다. 온전히 내 힘으로 이 모험을 마치고 싶었다.

삼촌의 농장으로 가려면 마을버스를 타야 했다. 세 시간에 한 대씩 배정되는 버스를 기다리면서 너무 지루했다. 종점 근처에 있는 편의점에서 아이스크림 하나를 사서 먹고 있는데, 문자가 왔다. 엄마였다. 문자는 하루에 한 번만 하기로 약속했는데……

'아들, 지금 어디야?'
'사강 정류장.'
'아직 도착 못 했구나. 걱정이네.'
'괜찮아. 오늘 문자 끝^^.'

나는 핸드폰을 닫아서 가방에 넣었다. 계속 문자를 받고 답장을 하면 끝이 나지 않을 것 같은 예감이 들었다.

노란색 마을버스를 탔다. 이제 농장에 가는 일만 남았다. 가는 길에 차창 밖으로 보이는 풍경은 처음 아빠 차를 타고 갈 때와는 다른 풍경이었다. 포도나무 밭에는 포도가 다 떨어지고 앙상한 가지에 말라비틀어진 누런 잎들만 성기게 붙어서 가을바람에 나풀거렸다. 벼가 누렇게 자라던 들판은 수확을 끝내고 빈 들판으로 새 떼가 날아다녔다. 단풍으로 울긋불긋 물든 산들도 마음을 한껏 들뜨게 했다. 여름과 가을 사이에 풍경과 색깔이 완전 딴 세상처럼 느껴졌다. 계절에 따라 바뀌는 마을 풍경이 마치 마법에 걸린 마을 같았다.

종점인 아랫마을에 내려서야 '휴.' 한숨을 쉬었다. 드디어 내 힘으로만 농장을 찾아왔다. 나는 삼촌 농장으로 올라가는 길에 슬기네 집 앞에서 멈추었다. 안을 들여다보니까 할머니와 슬기 엄마가 마당에 앉아 콩을 털고 있었다.

　나는 인사하기 민망해서 그냥 발길을 돌리는데, 슬기 엄마가 먼저 말을 걸었다.

　"아유, 어쩐 일이야? 삼촌한테 놀러 온 거야?"

　"예."

　"삼촌 심심할 테니 자주 놀러 와."

　할머니가 콩을 털다 말고 땀을 닦으면서 씩 웃었다. 나는 꾸벅 인사를 하면서 멈칫거렸다. 슬기가 집에 있냐고 묻고 싶었지만 그만두었다. 슬기 엄마가 전해줄 것이다. 그러면 농장에 놀러 올 때 만나면 된다. 엄마 아빠가 갑자기 찾아오는 바람에 슬기한테 작별 인사도 못하고 돌아갔던 게 새삼 미안했다. 농장에 와서 유일하게 말동무가 되어준 다정한 친구였는데. 슬기를 만나 미안하다고 사과하고 싶었다.

　농장에 들어서는 순간, 가슴이 울컥했다. 내가 여름방학 동안 이곳에서 동물들과 함께 어울려 살았다는 게 아득한 추억으로 다가왔다.

　"삼촌! 삼촌!"

　나는 삼촌을 부르며 뛰어갔다. 그런데 저 멀리서 칸이 먼저 달려왔다.

　"칸! 칸!"

　칸이 바람처럼 휙 날아서 내 품에 뛰어들었다. 나는 칸을 부둥켜안고 가슴이 벅차서 울먹거렸다. 어떻게 알았을까. 칸이 내 목소리를 기억하고 삼촌보다 먼저 반겨주다니…….

한참 후에야 삼촌이 나타났다.

"자식, 몰래 도망칠 때는 언제고…… 잘 왔다!"

삼촌이 다가와 내 양어깨를 잡고 흔들었다. 마치 애초에 여기가 고향인 것처럼 포근하게 느껴졌다. 나는 주위를 둘러보았다. 여름날의 짙푸른 들판과 숲은 그새 붉고 누렇게 물들어서 아름답고 신비스러움마저 풍겼다. 콘크리트 아파트와 학교를 벗어나니까 신선한 가을바람이 나를 맞이해주었다. 가을바람이 나뭇가지에 매달려 있는 이파리를 쓸고 지나갔다.

"저기 봐라. 뭐 바뀐 거 모르겠냐?"

삼촌이 오두막을 가리켰다. 단층이었던 오두막 위에 큰 창문이 달린 이층 방이 생겼다.

"다락방 하나 올렸지. 어때?"

"삼촌 혼자서요?"

"솜씨 좋은 목수랑 같이 만들었지."

나는 오두막으로 뛰어갔다. 칸이 나보다 앞서 달렸다. 밖에서 난 계단으로 올라가자 다락방은 훨씬 아늑해 보였다. 창가에 앉아 있으니까 농장이 한눈에 들어왔다.

"삼촌, 분위기 끝내줘요. 여기 누가 살아요?"

나는 삼촌을 향해 엄지손가락을 치켜세우며 외쳤다.

"널 위해 준비했어!"

삼촌이 맞장구를 쳤다. 그리고는 다락방으로 올라왔다.

"여긴 네가 원하면 언제든지 올 수 있는 너만의 아지트야."

"삼촌!"

나는 목이 메어 말이 나오지 않았다. 삼촌이 어떻게 내 마음을 알고 미리 준비해놓았을까? 난 다시 농장으로 올 거라는 말을 입 밖에 꺼내지도 않았는데.

"네 아빠도 엄마도 지치고 쉬고 싶을 때 여기서 마음 편하게 쉬라고 지어놓은 거야. 그게 네 할아버지 뜻인 것 같았어. 나도 여름 동안 너랑 지내면서 그걸 깨달았어."

삼촌이 너무 멋져 보였다.

"칸! 얼른 양순이들한테 돌아가."

칸이 삼촌의 말을 듣고 재빨리 다락방을 내려갔다. 나도 닭 축사로 향했다. 그동안 무녀리들은 얼마나 자랐을까? 큰 닭들이 차지한 축사를 지나서 무녀리들 닭장부터 찾았다.

"어! 무녀리들이 어디 갔지?"

무녀리들이 보이지 않았다. 닭장 문이 활짝 열려 있고, 중닭과 큰 닭들이 마음대로 오갔다. 또 큰 녀석들이 무녀리들을 쫓아내고 작은 보금자리까지 차지한 걸까? 주위를 둘러보았지만 들판에도 무녀리들은 보이지 않았다. 혹시 다 죽은 걸까?

나는 놀라서 삼촌에게 핸드폰으로 연락했다.

"삼촌, 무녀리들은 다 어디로 갔어요? 안 보이는데……"

"어디로 가긴. 사료도 따로 주고 보금자리도 따로 마련해주니까 그렇게 무럭무럭 자라네. 그새 많이 컸지?"

"그럼 무녀리들이 이렇게 컸다는 거예요? 귀요미는 얼마나 자랐을까?"

"혹시 기억하고 있을지 모르니까 찾아봐라."

나는 닭장으로 들어가서 귀요미를 불렀다.

"귀욤아! 귀욤아! 어디 있니?"

그러나 아무도 내게 다가와서 신발을 콕콕 찍는 닭은 없었다. 그새 컸다고 모른 척하는 건가. 아니면 나를 잊어버린 건가. 귀요미를 알아볼 수 없는 나도 바보 같았다. 이럴 줄 알았으면 다리에 색깔 있는 끈으로 살짝 표시해두는 건데. 무녀리들이 무럭무럭 건강하게 자란 것은 보람 있지만 왠지 섭섭한 마음도 들었다. 이제 내 보살핌과 손길이 없이도 자기들끼리 잘 살 수 있었다.

닭장을 둘러보다가 땅이 푹 꺼지는 바람에 하마터면 넘어질 뻔했다. 이때 땅속에서 토끼 한 마리가 쑥 올라와 달아나는 게 아닌가.

"헐, 저게 뭐야! 웬 토끼가……."

땅이 봉긋하게 올라온 곳이 여기저기 눈에 띄었다. 발로 툭 차자 빈 공간이 힘없이 허물어졌다. 오두막으로 돌아와 삼촌한테 물었다.

"삼촌, 무녀리들 사는 닭장에 웬 토끼에요?"

"아, 문을 열어두었더니 산토끼들이 들어와서 새끼 낳고 살아."

"헐, 대박! 그럼 땅속에 빈 굴이 토끼 굴이에요?"

"그려. 조심해서 다녀야지 안 그러면 헛발질해서 발목이 삐어."

산토끼들이 제 발로 닭장에 찾아와 굴을 파고 산다니까 새로운 기쁨

이 생겼다. 어쩌면 농장에 더 많은 산속 동물들이 찾아올지도 몰랐다. 마치 내가 농장에 내 발로 찾아온 것처럼. 이제 산토끼들도 농장의 한 풍경을 차지했다.

"무녀리들은 이제 없어. 얼마나 기운이 대찬지 훨훨 날아다닌다니까."

"와아, 내가 돌봐준 보람이 있네!"

나는 지나간 여름날의 수고가 이렇게 결실을 맺는 게 뿌듯하고, 귀요미를 알아볼 수 없어 조금은 슬펐다.

"삼촌, 약속 안 잊었죠? 꼭 지켜야 해요!"

"당연하지. 아이고, 자기 몫은 안 잊었구나. 하긴 공짜로 일 부려먹으면 어린애라도 화가 나지. 닭 백 마리는 네 몫이야. 그냥 놔뒀으면 무녀리들이 수탉들한테 치여서 살지도 못했을걸."

"인정해줘서 고마워요."

정말이지 삼촌은 다른 사람의 수고를 인정할줄 아는 사람이었다. 그게 비록 나이 어린 조카라도……. 내가 열심히 노력했는데도 결과가 나쁘면 모든 게 깡그리 무시되는 세상이 싫었다. 좋은 결실을 맺어도 누구나 다 하는 것쯤으로 별로 인정해주지 않고 비꼬면 더 싫었다.

"농장은 지금부터 더 바빠. 가을이면 겨울 식량 준비를 미리 해놔야지 농장 식구들이 겨울 동안 잘 지낼 수 있어."

"삼촌, 제가 며칠 머물면서 도울게요."

"네가? 학교 안 가?"

삼촌이 놀라는 눈치였다.

"며칠만 삼촌한테서 쉬고 다시 학교에 갈 거예요. 솔직히 농장 일 거드는 건 힘든데…… 짐승들 똥 냄새도 싫은데…… 마음은 훨씬 편해요. 여기선 치열하게 경쟁하지 않아도 되고, 시험 쳐서 점수로 사람 순서 매기지 않아도 되고, 동물들과도 통하고, 내가 돌봐줄 수도 있고, 칸도 있고, 삼촌과 잘 통하고……. 새들과도 얘기할 수 있고……."

그동안 내 마음을 잘 표현하지 못했다. 그런데 농장에서는 누가 묻지 않아도 저절로 마음속에 엉켜 있던 말들이 한 오라기씩 술술 풀려 나왔다.

"그래, 우리 준서가 여름 동안 농장에서 지내더니 많은 걸 깨달은 모양이구나."

"내가 뭘 좋아하는지 알게 되었어요. 그래서 아빠가 사준 곤충 세계 도감 책도 가지고 왔어요. 여기에 온갖 곤충들이 사는데 누가 누구인지 하나도 모르겠더라고요. 난 아무래도 동물이나 곤충 이런 데 관심이 있나 봐요."

내가 가방에서 책을 꺼내 보여주자 삼촌은 눈여겨보지 않고 단숨에 주르륵 넘겼다.

"배고프겠다. 우선 고구마 삶은 거 먹어라. 삼촌이 맛있는 밥상 준비할게."

고구마를 먹는데 자꾸 목이 메었다. 삼촌이 주스를 따라주었다. 농장에 온 걸 실감할 수 있는 간식이었다.

"난 책은 좀 골치 아프더라. 그냥 주위에 사는 곤충들을 보면 되지 뭐 책으로 비교해보냐."

"그래도 책으로 봐야지 머리에 정리정돈이 잘되죠. 좀 더 깊이 연구의 목적이라고나 할까! 혹시 알아요. 내가 지금부터 열심히 연구하고 살펴보고 기록해두면, 나중에 큰 자료가 될 수 있고, 연구자가 될 수도 있죠. 나라고 되지 말라는 법이 있어요?"

"그건 네 말에 일리가 있네. 나도 알고 보면 동물학 박사라니까! 나만큼 닭이나 양순이들을 잘 아는 박사가 어디 흔하겠냐?"

"난 쇠똥구리 찾아볼 거예요. 그러면 사진도 꼭 찍어두고……."

내 말에 삼촌이 웃음을 터뜨렸다.

"겨우 쇠똥구리냐? 똥 냄새 맡기도 싫다면서 하필이면 똥 먹고 사는 쇠똥구리를 찾냐?"

삼촌은 아무것도 모르는 것 같았다.

"삼촌, 쇠똥구리가 우리나라에서 멸종 종에 속해요. 쇠똥구리를 봤어요? 환경부에서 쇠똥구리 찾아서 갖다주면 한 마리에 오십만 원 준대요."

"내 어릴 적에는 흔해 빠진 게 쇠똥구리였는데……. 왜 멸종된 거야? 그러고 보니 쇠똥구리를 언제 보고 안 봤는지 기억도 안 나네. 어른이 되고 나서는 못 본 것 같은데."

"아빠도 그랬어요. 어릴 적에 흔하게 봤다고……."

"이야!"

삼촌이 고개를 갸웃하면서 감탄사를 뿜어냈다.

"그럼 나하고 같이 쇠똥구리 찾아보자! 숲속에 가면 양순이들이 눈똥이 흔하니까 쇠똥구리도 찾을 수 있을지 모르잖아. 누가 다 죽었대?

다 죽은 거 봤대?"

삼촌은 쇠똥구리 한 마리에 오십만 원이라는 말에 눈을 번쩍 뜨고 목소리가 들떴다. 그런 삼촌이 조금은 속물스럽게 보이기는 했지만, 나도 삼촌보다 먼저 찾고 싶었다.

고구마를 먹고 나서 삼촌이 식사 준비를 하는 동안, 나는 숲으로 올라가고 싶었다. 아직 양 떼는 보지 못했던 것이다.

"양순이들 보고 올게요. 오랜만에 휘파람 솜씨도 뽐내고……."

나 혼자서 남몰래 불던 휘파람을 양순이들한테 직접 들려주고 싶었다. 나는 숲속을 향해 올라갔다. 가을바람이 내 뺨을 어루만지면서 기분 좋게 해주었다.

"칸! 뭐 해?"

칸이 '멍 멍.' 짖으며 화답을 했다. 녀석은 가만히 앉아 있다가 벌떡 일어나 내게로 달려왔다. 누군가가 나를 반갑게 맞아주니까 마치 내가 살아 있는 느낌이 들었다.

"휘리릭- 휘리릭-."

칸과 함께 걸으면서 휘파람을 불었다. 여기저기 흩어져서 한가로이 풀을 뜯고 있거나 가만히 앉아 있던 양들이 간혹 나를 힐끔 보았다. 내 휘파람 소리가 조금은 통한 것 같았다. 내 휘파람 소리에 맞추어 칸이 재주 부리기를 하듯 풀쩍풀쩍 뛰었다.

나는 숲 너머 산등성이를 지그시 바라보았다. 무리에서 빠져나간 양이 돌아오기를 굳이 바라지 않았다. 어쩌면 나처럼 갇히는 것을 숨 막혀 하는 자유로운 영혼인지도 몰랐다. 야생으로 돌아가고 싶은 본능이 숲으로 인도해준 것 같았다.

잃어버린 양은 혼자서도 저 거친 숲속에서 잘 헤쳐나갈 수 있을 것
이다. 돌아올 농장이 있는데도 돌아오지 않는 걸 보면 느낄 수 있다.
내가, 부모님이, 세상이 중요하다고 강요하는 것에서 한 발자국만 벗
어나도 또 다른 세상이 보였다.

나만이 아닌, 누구에게나 인생에 한 번은 찾아오는 사춘기!

정신적으로 독립하고 싶은 욕구가 새싹처럼 피어날 시기이다. 이 시기에는 여태껏 옳다고 믿었던 모든 게 의심스럽고, 별것 아닌 일에도 짜증 나고, 기존의 질서에 반항심이 일어난다.

청춘의 고민이 시작되는 서막을 울리는 첫 단계이다.

나는 누구인가! 나는 무엇을 원하는가? 나는 어떤 사람이 되고 싶은가?

고민이 시작되면서 손에 확실하게 잡히는 건 아무것도 없다. 미래에 대한 불안감, 현실의 무기력, 동시에 찬란한 미래를 꿈꾸지만, 현실은 혼란스럽다. 이 혼란스러운 시기에 어른들이 억압적으로 자신이 살아온 방식대로 강요를 하면 스프링처럼 아무 데나 튈 수가 있다.

어른들은 이 시기의 어린 청춘들에게 중2병이라면서 몰아세우지만 이건 병이 아니다. 인생의 첫 독립선언이다. 나는 이미 내 인생을 결정하고, 세상을 다 이해할 수 있다고 판단을 하지만 어른들처럼 세상 경험이 풍부한 건 아니다. 그래서 미숙해 보이기도 하다.

이 소설의 주인공은 학교, 친구에게도 제대로 적응하지 못하는 방황하는 소년이다. 이런 소년에게 틀에 박힌 생활만 강요하면 오히려

독이 될 수 있다. 딴 세상도 있다는 것, 아직 피어나지 못한 청춘들이
미리 겁먹고 좌절하면서 포기하지 말았으면…….

  각박한 현실과 어른들이 성공이라고 강요하는 질서에 숨 막혀 스
스로 질식하지 말자. 여태껏 내가 보지 못한 다른 세상은 무한하다.
내가 스스로 찾을 때 그런 무한한 세상은 내 것이 된다.

  학교를 중도에 포기하거나, 자칫 잘못된 길로 들어설 수 있는 시기
이다. 그러나 생의 마지막에 방점은 찍지 말기를! 다른 세상을 만날 수
있는 기회는 무한히 열려 있다. 그 기회를 스스로, 너무 일찍 자르지
말기를 바란다.